O Guerreiro

CALEBE

FRANCINE RIVERS

O Guerreiro

CALEBE

Tradução
Michele Gerhardt MacCulloch

Principis

Esta é uma publicação Principis, selo exclusivo da Ciranda Cultural
© 2023 Ciranda Cultural Editora e Distribuidora Ltda.

Traduzido do original em inglês
The warrior

Texto
Francine Rivers

Editora
Michele de Souza Barbosa

Tradução
Michele Gerhardt MacCulloch

Preparação
Walter Sagardoy

Produção editorial
Ciranda Cultural

Diagramação
Linea Editora

Revisão
Fernanda R. Braga Simon

Design de capa
Ana Dobón

Imagens
Vuk Kostic/shutterstock.com

Dados Internacionais de Catalogação na Publicação (CIP) de acordo com ISBD

R622g	Rivers, Francine
	O guerreiro: Calebe / Francine Rivers ; traduzido por Michele Gerhardt MacCulloch. - Jandira, SP : Principis, 2023. 256 p. ; 15,50cm x 22,60cm. - (Filhos da Coragem ; v. 2).
	Título original: The warrior ISBN: 978-65-5552-858-9
	1. Literatura americana. 2. Religião. 3. Religiosidade. 4. Conhecimento. 5. Coragem. 6. Reflexão. 7. Influência. I. MacCulloch, Michele Gerhardt. II. Título. III. Série.
2023-1078	CDD 810 CDU 821.111(73)

Elaborado por Lucio Feitosa - CRB-8/8803

Índice para catálogo sistemático:
1. Literatura americana : 810
2. Literatura americana : 821.111(73)

1ª edição em 2023
www.cirandacultural.com.br
Todos os direitos reservados.
Nenhuma parte desta publicação pode ser reproduzida, arquivada em sistema de busca ou transmitida por qualquer meio, seja ele eletrônico, fotocópia, gravação ou outros, sem prévia autorização do detentor dos direitos, e não pode circular encadernada ou encapada de maneira distinta daquela em que foi publicada, ou sem que as mesmas condições sejam impostas aos compradores subsequentes.

Esta obra reproduz costumes e comportamentos da época em que foi escrita.

*Para homens de fé
que servem à sombra de outros.*

SUMÁRIO

Introdução 9

Nota aos leitores 11

Um 13

Dois 41

Três 80

Quatro 114

Cinco 145

Seis 168

Busque e encontre 195

Relato de um espião 196

Sábio conselho 201

Deus vê 205

A precipitação 208

A promessa cumprida 212

O legado 217

Calebe, o guerreiro 221

A autora 224

INTRODUÇÃO

Caro leitor,

Este é o segundo de cinco romances sobre homens bíblicos de fé que serviram à sombra de outros. Eles eram homens que viveram em uma época antiga; ainda assim, suas histórias podem ser aplicadas na nossa vida e nas difíceis questões que enfrentamos no mundo atual. Viviam no limite. Tinham coragem. Assumiram riscos. Fizeram o inesperado. Viveram vidas arrojadas e, sim, cometeram erros... grandes erros. Esses homens não eram perfeitos, e mesmo assim Deus, em sua infinita misericórdia, os usou em Seu plano perfeito de Se revelar ao mundo.

Vivemos em um tempo perturbado e de desespero, em que milhões de pessoas buscam respostas. Esses homens apontaram o caminho. As lições que aprendemos com eles são tão aplicáveis hoje quanto eram na época em que viveram, milhares de anos atrás.

São homens históricos que realmente viveram. Suas histórias, como eu as conto, são baseadas nas histórias da *Bíblia*. Para uma leitura mais completa sobre a vida de Calebe, veja os livros Números, Josué e o começo de Juízes.

Este livro também é uma obra histórica de ficção. O panorama da história é dado pela *Bíblia*, e eu a iniciei com os fatos que ali aparecem. Com esse fundamento, criei ações, diálogos, motivações internas e, em alguns casos, acrescentei personagens que acredito serem consistentes com o registro bíblico. Tentei me manter fiel às mensagens das escrituras em todos os aspectos, acrescentando apenas o necessário para ajudar em nosso entendimento da mensagem.

Ao final de cada romance, incluímos uma breve seção de estudos. A maior autoridade sobre o povo da *Bíblia* é a própria *Bíblia*. Eu o encorajo a lê-la para melhor compreensão. E eu oro para que, enquanto você estiver lendo a *Bíblia*, se torne consciente da continuidade, da consistência e da confirmação dos planos de Deus para todos os tempos: um plano que inclui você.

Calebe viveu segundo o mandamento de Deus em Deuteronômio 6:5: "Você deve amar o Senhor seu Deus com todo o seu coração, sua alma e sua força". Que sejamos capazes de mostrar a paixão e a entrega dele ao seguirmos nosso Senhor e Salvador, Jesus Cristo.

Francine Rivers

NOTA AOS LEITORES

Os estudiosos da *Bíblia* têm opiniões diferentes sobre o fato de o Calebe cuja genealogia está em 1 Crônicas 2 ser o mesmo Calebe que explorou a Terra Prometida com Josué em Números 13. Sabemos que Calebe, explorador, teve uma filha chamada Acsa (Josué 15:16), e o Calebe de 1 Crônicas 2 também teve uma filha com o mesmo nome (2:49).

Essa correspondência levou a autora a escolher para a sua história a visão de que eles realmente são a mesma pessoa. Com essa interpretação, as referências feitas a "Calebe, filho de Jefoné" têm o mesmo significado de "Calebe, descendente de Jefoné".

UM

– Corram!

Ninguém escutou, então Kelubai colocou os dedos na boca e deu um assovio estridente. Seus parentes levantaram a cabeça. Ele apontou para o céu que escurecia. Eles olharam para cima.

– Encontrem uma cobertura!

Homens, mulheres e crianças largaram suas enxadas e se espalharam. Kelubai foi atrás. Estando mais afastado no campo do faraó, sua distância para correr era maior. As rodopiantes nuvens negras se moviam com uma velocidade assustadora, lançando uma sombra fria sobre a terra. Era esse o grande leão de Deus que rugia da escuridão? Gritando, com as mãos sobre a cabeça, o povo corria cada vez mais rápido.

Uma flecha de luz rasgou o céu e atingiu o meio do campo de cevada. Chamas subiram do solo, e os caules cobertos com grãos maduros pegaram fogo. Algo duro atingiu a cabeça de Kelubai. Depois outro e outro, como se uma grande mão estivesse atirando pequenas pedras nele. E o ar ficou gelado, tão gelado que a respiração dele saía como fumaça quando arfava. Seus pulmões ardiam. Será que conseguiria chegar a um lugar coberto antes que algum raio o atingisse? Chegou à sua casa feita de tijolos de barro, fechou a porta e encostou-se nela.

Arfando em busca de ar, viu sua esposa, Azuba, agachada no canto, seus dois filhos mais velhos encolhidos ao lado dela, enquanto ela segurava o terceiro filho, que berrava em seu peito. Os meninos mais velhos, Messa e Maressa, estavam com os olhos arregalados, mas em silêncio. A mãe deles, primeira esposa de Kelubai, não teria cedido à histeria tão rapidamente. Ela enfrentara a morte ao dar à luz Maressa com mais coragem do que Azuba mostrava agora por causa da tempestade.

Lágrimas escorriam pelo rosto assustado dela.

– O que é esse barulho, Kelubai? O que está acontecendo? – A voz dela foi ficando mais alta, até que estivesse berrando mais do que o bebê. – O que está acontecendo?

Ele a agarrou pelos ombros e a sacudiu forte.

– Quieta. – Soltando-a, passou as mãos na cabeça dos filhos. – Fiquem calmos. – Deu um beijo em cada um. – Fiquem sentados quietinhos.

Puxou-os todos para perto, protegendo-os com o próprio corpo. Sentia o coração agitado, ameaçando explodir. Nunca sentira tanto medo, mas precisava manter a calma por eles. Concentrou-se em sua família, encorajando-os e sempre pedindo silêncio.

– Pai. – Seu filho mais velho, Messa, chegou mais perto, segurando a túnica de Kelubai. – Pai...

Batidas forte tomaram conta da casa, como se mil punhos batessem ao mesmo tempo. Azuba abaixou a cabeça, buscando abrigo embaixo do ombro dele. Pedras brancas duras atravessavam a janela. Curioso, Kelubai se levantou. Quando a esposa e os filhos protestaram, ele colocou Messa ao lado de Azuba.

– Fique calmo. Cuide de Maressa.

Kelubai nunca poderia depender de Azuba para confortá-los. Não eram filhos dela, e ela sempre daria preferência ao sangue do seu sangue.

– Aonde você vai?

O GUERREIRO

– Só quero ver.

– Kelubai!

Ele levantou a mão, indicando que ela ficasse em silêncio. Então, atravessou o cômodo e pegou uma das pedras que havia caído ali. Era dura e gelada. Virando-a na mão, examinou-a. Era escorregadia. Franzindo a testa, perplexo, ele a colocou na boca. Virou para olhar para a esposa e para os filhos.

– Água! – Ele pegou várias e levou para Azuba e seus filhos. – Provem.

– Apenas Messa quis. – É água. Água dura como pedra!

Tremendo, Azuba se encolheu mais no canto.

– Que mágica é essa?

Quando uma luz explodiu do lado de fora da janela, ela gritou, e os meninos começaram a chorar histericamente. Calebe pegou os cobertores nos colchões de palha e cobriu as crianças.

– Fiquem abaixados.

– Você não pode ir lá fora. Vai morrer!

Ele colocou a mão delicadamente sobre os lábios da esposa.

– Não piore as coisas, por favor. O seu medo contagia a todos; eles não conseguem evitar. – Ele apontou para os meninos.

Ela não falou nada, porém seus olhos estavam arregalados de medo. Puxou os meninos mais para perto, aproximou os cobertores, cobrindo a cabeça também.

Animais berravam, batendo com os cascos no chão ao tentarem correr. Kelubai deu graças por ter trazido seus bois mais cedo, ou eles estariam perdidos como os outros. Ele se levantou e se aproximou da janela, mantendo-se afastado enquanto olhava para fora. Um cheiro acre subiu pelo ar frio que vinha com as batidas. Os campos de linho tinham começado a florescer e agora estavam em chamas. Meses de trabalho pesado transformados em fumaça.

– É *Ele*, não é? – questionou Azuba, encolhida no canto.

– Sim.

– Deve ser o mesmo Deus que transformou a água do Nilo em sangue, trouxe uma praga de sapos, depois mosquitos e moscas, matou os rebanhos, causou úlceras em todos, exceto nos hebreus em Gósen.

– Sim. É *Ele*.

– Você parece satisfeito.

– Você escutou as mesmas histórias que eu. A libertação vai chegar.

– Não para nós.

– Por que não para nós?

– O que você está dizendo, Kelubai?

– Uma coisa que meu pai costumava me falar quando eu era um garoto. – Ele voltou e se agachou na frente dela e de seus filhos. – Uma história contada desde o nosso ancestral Jafoné. Ele era amigo de Judá, o quarto filho de Jacó, patriarca das doze tribos. – Kelubai se lembrava do rosto do avô, severo e zombeteiro, iluminado pelo fogo.

– Eu não entendo. Nós não temos nada a ver com os hebreus.

Ele se levantou e começou a andar de um lado para o outro.

– Agora não. Mas, naquela época, havia uma conexão. Os filhos de Judá eram meio cananeus. Dois foram mortos por esse Deus. Selá foi o último; seu nome veio de Sefelá, a terra em que nasceu: Canaã. Judá teve outros dois filhos com uma mulher chamada Tamar, também cananeia. E, então, ele voltou para as tendas do pai. Isso aconteceu na época da grande fome. Todo mundo estava morrendo de fome, em todos os lugares, menos no Egito. Então, de forma inacreditável, o irmão de Judá, José, tornou-se mandatário do Egito, reportando-se apenas ao faraó. Imagine. Um escravo se tornando o segundo homem, atrás apenas do faraó. Um Deus grandioso e poderoso teve participação nisso!

Ele olhou pela janela.

– Quando os hebreus chegaram, foram bem recebidos e ganharam a melhor terra: Gósen. Jefoné era descendente de Esaú, tio de Judá, e também era amigo de um homem de Adulão. Então, ele convenceu Judá e fez um pacto para sustentar a nossa família. Foi assim que nos tornamos escravos, primeiro deles, plantando e colhendo na terra deles para que os hebreus pudessem criar seus rebanhos. Foi um acordo odioso, mas necessário para a sobrevivência. E, então, as coisas mudaram. Outros governantes vieram. Ainda éramos escravos, mas os hebreus também eram, e, a cada ano que passava, o faraó pegava mais pesado com eles do que conosco.

– Por quê?

Ele a fitou.

– Quem sabe? Inveja? Rancor? Muito provavelmente tenha sido porque eles eram fecundos e se multiplicaram. Um patriarca e doze filhos que agora são centenas de milhares. Havia tantos judeus quanto estrelas no céu! O faraó provavelmente temia que, se os hebreus tivessem coragem suficiente, poderiam se rebelar, se unir aos inimigos do Egito e conquistar sua liberdade. Eles poderiam dominar o Egito. Mas, em vez disso, eles lamentavam e reclamavam, implorando para que o Deus invisível em que acreditavam os salvasse, eles mesmos fazendo com que se tornassem alvo de zombaria e desprezo. Até agora.

Kelubai levantou o olhar para o céu que escurecia. Não conseguia ver esse Deus, mas estava testemunhando Seu poder. Os deuses do Egito não eram nada contra Ele. A distância, o sol brilhava sobre Gósen. Parecia também que esse Deus sabia distinguir entre o povo Dele e o inimigo. Pressionando os lábios, Kelubai assistiu ao fogo varrer os campos de cevada. Estava tão perto da colheita. Agora, tudo perdido.

Depois dessa noite, as pessoas passariam fome de novo, e sua família iria sofrer.

A não ser que...

Uma linha tênue, uma conexão distante poderia ser suficiente para mudar tudo.

Kelubai pegou uma pedra no peitoril. Revirou-a entre os dedos e colocou na boca. Era fria contra a sua língua, mas derreteu, ficando quente e doce, refrescante. Seu coração inchou ao escutar o som e a fúria à sua volta. Regozijou-se. O Deus dos hebreus podia transformar água em sangue e convocar sapos, mosquitos, moscas e doenças. Vento, água, fogo e ar obedeciam a Ele. Ali estava um Deus que podia adorar. Ali estava um Deus que não tinha sido esculpido pelas mãos humanas!

Juntando as mãos, ele as estendeu. As palmas ardiam ao serem atingidas pelas pedras duras, mas ele as manteve firmes até que houvesse uma pilha delas. Então, colocou-as na boca e mastigou o gelo.

* * *

Kelubai reuniu seus parentes.

– Se quisermos sobreviver, teremos de ir para Gósen e viver entre os judeus.

– Viver junto com o povo que o faraó odeia? Perdeu a cabeça, Kelubai?

– O trigo e a espelta ainda estão crescendo. Os deuses do Egito os protegeram. Ainda restaram aqueles campos.

Kelubai meneou a cabeça.

– Por quanto tempo?

– Os deuses estão em guerra, Kelubai. E é melhor ficarmos longe deles.

– O que você acha, pai?

Esrom ouvira toda a discussão, mas mantivera-se em silêncio. Confuso, levantou a cabeça.

– Já se passaram gerações desde que nosso ancestral Jefoné veio com Judá de Canaã. Os hebreus já devem ter esquecido há muito tempo como e por que viemos para cá.

– Vamos lembrar a eles que já fomos amigos íntimos de Judá.

– Íntimos? – O irmão mais velho de Kelubai, Jeramel, bufou. – Amigo de um amigo?

– Pai, o senhor não disse uma vez que seu pai disse que o pai do pai dele se casou com uma mulher hebreia?

Ram logo seguiu os passos do irmão mais velho.

– E quantos anos atrás aconteceu isso? Você acha que os hebreus vão ligar se temos uma hebreia na nossa genealogia? Qual a utilidade de uma mulher? Qual era o nome do pai dela?

Kelubai fez uma cara feia.

– Vocês se esqueceram? Os hebreus nos pediram palha quando o faraó não forneceu.

– Palha da qual precisávamos para o nosso gado.

Kelubai olhou para Jeramel.

– Eu dei toda a palha que tinha.

– Foi por isso que veio me pedir forragem para os seus animais?

– Foi, sim. E, agora, se você olhar em volta, verá que não resta nada para os animais comerem. Só em Gósen! Lá tem pastagem. – Kelubai olhou para o pai. – E nós trocamos grãos por cabras. Podemos construir esse tipo de aliança.

– Alianças que vão despertar a ira do faraó sobre nós! – Jeramel se levantou, o rosto vermelho mostrando sua raiva impaciente. – Que proteção teremos contra os soldados dele? Nada de alianças. Temos de ficar longe dessa guerra.

– Vocês estão cegos? Olhem em volta, meus irmãos. – Kelubai apontou para os campos de cevada e linho, destruídos pelo granizo, queimados pelo fogo. – Estamos no *meio* do campo de batalha!

– O faraó vai vencer.

Kelubai soltou uma gargalhada sem humor.

– O faraó e todos os deuses dele juntos não conseguiram proteger o Egito do Deus dos hebreus. Um rio de sangue, sapos, mosquitos, moscas, úlceras! O que o Deus dos hebreus vai mandar agora? – Ele se inclinou para a frente. – Escutamos os hebreus implorarem por sua libertação. E a libertação chegou. Vamos fazer com que Ele também seja nosso.

– Está falando de Moisés?

– Moisés é um homem. Ele é apenas o porta-voz de Deus, dizendo ao faraó o que o Deus dos hebreus mandou que ele dissesse. É um Deus todo-poderoso que destruiu nossos campos ontem, e é esse Deus que vai libertar o povo Dele.

– Não. – Jeramel estava furioso. – Eu já disse que não. *Não!*

Kelubai se manteve controlado. Explodir de raiva por causa da estupidez do irmão não iria convencer o pai deles a deixar esse lugar desolado. Abriu as mãos e falou com calma.

– O que nos resta? O que vai acontecer quando o faraó e seus oficiais ficarem com fome e precisarem de grãos? Acham que ele vai dizer: "Minha tolice trouxe a destruição para a nossa terra?". Não, não vai. Ele vai mandar os soldados dele pegarem o que restou. Os sacos de grãos que joeiramos do nosso trabalho serão roubados de nós. Mas podemos levar esses estoques conosco para Gósen como presentes. Toda a cevada e espelta.

– Presentes?

– Sim, Ram. Presentes. Precisamos nos unir aos judeus. E precisamos fazer isso agora.

Kelubai sentiu os olhos do pai sobre ele. Com determinação, encontrou aquele olhar confuso.

– Se queremos sobreviver, pai, precisamos agir *agora!*

O pai olhou para os outros filhos.

– Talvez Kelubai esteja certo.

Vermelhos de raiva, eles protestaram, todos falando ao mesmo tempo. Mas nenhum deles tinha outra solução para protegê-los do desastre iminente.

– Se o faraó já não odiava os hebreus antes, ele odeia agora.

– Ele vai mandar soldados para Gósen de novo.

– Você quer que o rei do Egito desconte a raiva dele em cima de nós também?

– Pai, é melhor ficarmos fora disso.

Kelubai falara a manhã toda e não conseguira convencê-los. Ele *não* perderia mais tempo. Levantou-se.

– Façam como quiserem, irmãos. Fiquem nas suas casas. Torçam para que a próxima praga não estrague a cevada de vocês. Quanto a mim e minha família, iremos para Gósen antes que o sol se ponha, antes que outra praga venha, pior do que a anterior!

O GUERREIRO

Todos os seus irmãos protestaram.

– Melhor esperar e ver o que acontece do que ser um tolo cabeça-dura.

Kelubai fitou seus irmãos mais velhos.

– Esperem e acabarão morrendo.

* * *

Quando Kelubai voltou para a terra que cuidava, Azuba já tinha carregado o carro de boi com o arado, os ganchos de poda e os sacos de grãos que ainda restavam da colheita do ano anterior. Em cima, estavam todos os bens da família. Messa cuidaria do pequeno rebanho de cabras que forneciam carne e leite.

Kelubai percebeu uma caixa de madeira amarrada à lateral do carro.

– O que é isso? – perguntou à esposa, embora soubesse muito bem.

– Não podemos deixar nossos deuses para trás.

Ele desamarrou a caixa.

– Não aprendeu nada nas últimas semanas?

Ignorando o grito dela, ele jogou a caixa contra a parede da cabana vazia. A caixa se abriu, deixando cair ídolos de barro que se quebraram no chão. Ele a segurou pelo braço antes que pudesse ir pegá-los.

– Eles são inúteis, mulher! Pior do que inúteis. – Ele pegou a vara com Messa e incitou os bois. – Agora, vamos. Teremos sorte se chegarmos a Gósen antes do anoitecer.

Outros seguiam para Gósen; até mesmo egípcios estavam entre aqueles com seus bens nas costas ou em pequenas carroças. Acampamentos esquálidos tinham surgido ao redor das humildes aldeias dos hebreus. Kelubai as evitou, entrando nas vilas e buscando informações sobre a localização da tribo de Judá. Acamparam afastados de todo mundo.

No terceiro dia, ele se aproximou de uma reunião de idosos no meio da aldeia, sabendo que eram os anciãos e líderes. Vários perceberam sua aproximação e o analisaram, nervosos.

– Eu sou um amigo que vim me juntar ao seu povo.

– Amigo? Eu não o conheço. – O ancião olhou para o círculo. – Algum de vocês conhece este homem?

Houve um burburinho de vozes enquanto os outros concordavam que Kelubai era um desconhecido.

Kelubai se aproximou mais.

– Temos uma conexão por intermédio do meu ancestral Jefoné, amigo de Judá, filho de Jacó. Nosso povo seguiu a sua família ao sair de Canaã durante a grande fome. Fomos seus servos por um tempo.

– Qual é o seu nome?

– Kelubai.

– *Calebe*, ele diz. Que significa *cachorro*.

Alguns riram, sem achar graça. Kelubai sentiu calor tomar conta de seu rosto.

– Kelubai – ele falou devagar e fitou cada um dos homens no círculo, sem pressa.

– Calebe – alguém disse com sarcasmo, sem ser visto.

Então, outro:

– Sem dúvida, amigo dos egípcios.

Kelubai não podia deixar que os insultos nem seu temperamento fossem mais fortes do que seu bom senso.

– Sou irmão do seu povo.

– Um espião.

Eles pareciam determinados a insultá-lo, esses homens que tinham sido escravos a vida toda.

Kelubai entrou no círculo.

– Quando o faraó dominou o seu povo, nossa família continuou a trocar grãos por cabras. Quando o faraó negou palha para fabricarem tijolos, eu dei tudo o que tinha. Esquecem tão rápido aqueles que os ajudam?

– Um pouco de palha não o torna nosso irmão.

Esses hebreus eram tão difíceis de convencer quanto sua própria família. Kelubai abriu um sorriso melancólico. Isso já deveria ser um sinal de que eles eram aparentados de sangue.

– Sou filho de Abraão, assim como vocês.

– Uma reivindicação ainda não confirmada.

Ele encarou o ancião que falou e inclinou a cabeça.

– Sou descendente do neto de Abraão, Esaú, e do filho mais velho dele, Elifaz.

Outro bufou.

– Não fazemos comércio com os descendentes de Esaú.

– Olha como o rosto dele está vermelho. *Edom.*

Kelubai ficou irritado. Como eles podiam ter tanto orgulho de Israel, o trapaceiro, que enganou o irmão, Esaú, para conseguir a primogenitura! Mas segurou a língua, sabendo que não adiantaria discutir aquela causa diante desse conselho de anciãos. Além disso, Israel pode ter sido um tratante, mas Esaú não foi muito inteligente.

Alguém riu.

– Ele não tem resposta para isso!

Kelubai virou sua cabeça devagar e encarou os olhos do homem, que parou de rir.

– Somos filhos de Israel. – Desta vez, o ancião falou baixo, afirmando e não insultando.

Eles achavam que ele recuaria?

– Sou filho de Abraão, aquele que Deus chamou para deixar sua terra e ir aonde quer que Deus o levasse.

– Ele está falando de Abraão ou de si próprio?

– O cachorro acha que é um leão.

Kelubai cerrou os dentes.

– Da mesma forma que Abraão foi convocado a deixar Ur, nós também fomos chamados a sair do Egito. Ou vocês acham que Moisés fala por si só, e não as palavras de Deus?

Kelubai podia não ter o sangue tão puro quanto eles, mas seu desejo de fazer parte do povo de Deus ia muito além do sangue. Vinha de seu coração e de sua alma. Será que esses homens podiam dizer o mesmo, quando se ajoelhavam em adoração em um dia e se rebelavam no seguinte?

O ancião o analisou. Kelubai sentiu a apreensão formigar nele. Finalmente, o ancião estendeu a mão.

– Sente-se e nos conte mais.

Kelubai aceitou o convite. Os outros no círculo o observavam com atenção, com lábios pressionados, deixando claro que escutá-lo não era um voto de confiança. Deveria escolher suas palavras com cuidado para não ofender ninguém.

– Os senhores têm razão para desconfiar de estranhos. Toda vez que o Senhor seu Deus manda Seu profeta Moisés ao faraó e outra praga atinge o Egito, o faraó passa a odiá-los ainda mais.

– Estamos tendo mais problemas desde que Moisés voltou do deserto do que anteriormente!

Surpreso, Kelubai fitou o homem que acabara de falar.

– O que Moisés diz acontece. Isso prova que ele é quem diz ser: um mensageiro de Deus.

– Ele só trouxe mais problema para nós! – insistiu o israelita. Era como se Kelubai estivesse falando com seu pai e irmãos. – Seus animais sobreviveram à peste. Algum de vocês sofreu com as úlceras? O granizo e o fogo não atingiram as suas terras. O Deus de Abraão está protegendo o seu povo.

– E você quer essa proteção para si. Não seria essa a real razão para ter vindo para cá e tentado se inserir na nossa tribo?

– Não é a *sua* proteção que eu busco. – Claramente, alguns que estavam ali naquele conselho não acreditavam no Deus que estava lutando pela salvação deles. – Os senhores têm tão pouco poder quanto eu.

Calebe inspirou lentamente e se concentrou no ancião que o convidara a se sentar. Ele, pelo menos, era um homem sensato.

O GUERREIRO

– Sou escravo do Egito. A minha vida toda, trabalhei para feitores, e a minha vida toda, sonhei com liberdade. Então, fiquei sabendo que o Nilo tinha virado sangue. Fui ver com os meus próprios olhos, e vi sapos também, milhares deles, pulando para fora do rio e invadindo Tebas. Depois, milhões de moscas e mosquitos! Vi bois arreados caindo mortos, porque meus vizinhos não acataram os avisos de guardar os animais em um local fechado. Membros da minha família sofreram com úlceras, assim como os egípcios. E, alguns dias atrás, da janela da minha cabana, vi os campos de trigo em que lavourei por meses serem destruídos por pedras de água e flechas de fogo vindas do céu.

Pelo menos agora, eles estavam em silêncio, todos os olhos sobre ele, embora alguns estivessem contrariados.

– Eu *acredito* em Moisés. Cada praga infligida ao Egito enfraquece o poder do faraó e nos deixa mais próximos de nossa liberdade. O Deus que prometeu libertá-los chegou, e Ele mostrou que tem poder para cumprir Sua palavra! – Ele olhou em volta para os anciãos. – Eu quero – ele meneou a cabeça –, não, eu *pretendo* fazer parte do povo Dele.

Alguns resmungaram.

– Pretende? Quanta arrogância!

– Honestidade, não arrogância.

– Por que, então, falar com o conselho?

– Quero estar ao lado de vocês no que vier pela frente, não contra vocês.

Outros perguntaram qual era a importância de esse edomita e sua família estarem acampados nas proximidades. Centenas de outras pessoas, incluindo egípcios, tinham montado barracas em volta da aldeia. Qual era a diferença de um homem a mais e sua família, contanto que eles trouxessem suas próprias provisões? Além disso, ter tantas pessoas em volta deles não seria uma barreira de proteção se o faraó mandasse seus soldados? Eles conversaram entre si, discutiram, preocuparam-se, irritaram-se..

Kelubai sentou e escutou, avaliando esses homens a quem se uniria. Esperava que os hebreus fossem diferentes. Em vez disso, faziam com que se lembrasse de Jeramel e de seus irmãos mais jovens brigando e reclamando, supondo e temendo que o pior aconteceria. Alguém poderia imaginar que eles preferiam que Moisés nunca tivesse sido enviado ao faraó para exigir que os escravos fossem libertados. Alguns deviam achar que seria melhor continuar fabricando tijolos para o faraó do que arriscar ter esperança de liberdade!

Não era um Deus todo-poderoso que estava guiando os eventos que abririam o caminho para a salvação?

O ancião, Zimri, observava Kelubai, seu olhar enigmático. Kelubai olhou dentro dos olhos dele e ficou firme, desejando que o ancião lesse seus pensamentos. "Estou aqui, Zimri. Esses homens podem me ignorar, mas nem eles nem você irão me afastar."

Depois de horas e sem nenhuma decisão, os homens começaram a dispersar. Deus estava sempre nas palavras deles, mas claramente não acreditavam nos sinais nem na libertação. Quando Kelubai se levantou, viu Messa esperando por ele na sombra entre duas cabanas. Sorrindo, dirigiu-se ao filho.

– Calebe!

Irritado, Kelubai se virou e viu três homens que sabia serem seus inimigos. Lembrava-se de seus nomes: Tobias, Jaquim e Nefegue. Era sempre inteligente identificar nossos inimigos. Jaquim levantou a mão, apontando para ele.

– Você não pertence ao nosso povo, muito menos ao grupo dos anciãos.

– Vim fazer um apelo.

– O seu apelo foi rejeitado.

Eles falavam com ousadia, agora que os outros tinham ido embora.

– Vou esperar para escutar o que o conselho todo tem para dizer. – Não que aquilo fosse fazer alguma diferença. Ele estava ali para ficar, gostassem eles ou não.

– Nós estamos dizendo, *Calebe*, fique fora dos limites da nossa aldeia se souber o que é melhor para você. Não queremos estrangeiros entre nós – concluíram, afastando-se.

O GUERREIRO

– Aqueles homens o chamaram de cachorro, pai!

Sim, eles o tinham colocado entre os animais malditos que viviam nos arredores das aldeias, vivendo das migalhas do lixo. Viu a vergonha nos olhos do filho, raiva cintilando na confusão de sua juventude. Mais doloroso ainda era a pergunta velada que via nos olhos do filho: "Por que você permite que façam isso?".

– Eles ainda não me conhecem, filho.

– Eles o insultaram. – A voz de Messa tremia com a fúria da juventude.

– Um homem que cede à raiva pode queimar sua casa sobre sua cabeça.

Ele era capaz de engolir seu orgulho quando a sobrevivência de sua família estava em jogo.

Messa abaixou a cabeça, mas Calebe conseguiu ver as lágrimas brotando nos olhos dele. Seu filho achava que ele era um covarde? O tempo ensinaria a verdade.

– Um homem sábio escolhe suas batalhas com cuidado, filho.

Kelubai colocou o braço ao redor dos ombros de Messa e se dirigiu para o acampamento deles.

– Deixe que eles me chamem de Calebe. Farei desse um nome de honra e coragem.

* * *

A família permaneceu na periferia das aldeais de Judá, mas Kelubai ficava por perto sempre que o conselho se encontrava, assim escutava as notícias que chegavam ao mesmo tempo que aqueles da tribo de Judá. E as notícias chegavam por meio de mensageiros levitas enviados por Moisés e seu irmão, Aarão. O faraó tinha endurecido seu coração de novo; outra praga estava vindo. Não tocaria Gósen, mas se espalharia pelo Egito.

– Precisamos voltar e avisar seu pai e seus irmãos!

Kelubai sabia que o que sua esposa realmente desejava era voltar, ficar longe dos hebreus, pois eram pessoas que não lhe dirigiam a palavra.

– Eu já avisei a eles. Nós iremos esperar aqui e preparar um lugar especial para eles.

– Como tem tanta certeza de que eles virão?

– Eles não são tolos, Azuba. Teimosos, sim. Assustados? Eu também estou. Não, nós ficaremos aqui. Deixei minhas palavras como sementes. Quando elas forem aradas e mais pragas vierem sobre eles, o que eu disse criará raízes e crescerá.

Na manhã seguinte, Kelubai foi até a fronteira de Gósen e viu as nuvens de gafanhotos chegando. Elas escureceram o sol. O barulho era como o estrondo de carruagens, como a crepitação do fogo varrendo a terra, como um exército poderoso entrando em uma batalha. Os gafanhotos marchavam como guerreiros, nunca saindo de sua posição, nunca derrubando um ao outro. Cada um deles se movia de acordo com as ordens do comandante, subindo pelas paredes, entrando nas casas pelas janelas. A terra tremia conforme eles avançavam e o céu se abalava. O solo foi ficando preto. Cada caule de trigo e espelta, cada árvore era consumida pela horda que avançava para a batalha seguindo o chamado de Deus.

"Não falta muito agora", Kelubai pensou, observando a estrada que traria seu pai e seus irmãos.

Quenaz veio sozinho.

– Jeramel odeia o deus dos hebreus por ter destruído o que restava da safra dele.

– E nosso pai?

– Você sabe que ele não pode ir embora sem o filho mais velho.

– E Jeramel não virá porque fui *eu* que sugeri. Ele é um tolo!

– Você não sugeriu, Kelubai. Mandou. Nossos irmãos não interpretaram bem os seus modos. – Quenaz sorriu. – Como sou o mais jovem, o que eu penso ou quem eu sigo não importa.

– Você está errado sobre isso, meu irmão. Mostrou coragem ao vir aqui de livre e espontânea vontade, em vez de se dobrar à vontade dos mais velhos e mais cruéis, embora menos inteligentes, do que você. – Ele olhou para o oeste. – Se o faraó não permitir que os hebreus partam, haverá outra praga, e outra. Jeramel vai mudar de ideia.

* * *

Comercializando e permutando pele de cabra, Kelubai aumentou sua barraca o suficiente para abrigar seus irmãos e suas famílias quando eles viessem.

Outra praga veio, que deixou o Egito no escuro. Mas, quando Moisés e Aarão voltaram para Gósen, trouxeram más notícias sobre a fúria do faraó. Ele *não* iria permitir que o povo fosse embora com seus rebanhos e gado, e ele tinha ameaçado Moisés dizendo que, se o visse de novo, o mataria.

Quando Kelubai estava no limite da congregação judaica e escutou as instruções dadas pelo mensageiro de Moisés, soube que o fim estava chegando. Voltou ao seu acampamento e disse para Azuba que precisava voltar e trazer seu pai para Gósen.

– Você precisa ficar aqui com ela, Quenaz, protegendo esse acampamento. Agora que a escuridão não toma mais o Egito, outros virão em busca de refúgio entre os hebreus. Aguente firme!

Correndo para a casa do pai, ele descobriu que seus irmãos mais velhos tinham reunido suas famílias.

– Outra praga está vindo! – Kelubai estava grato, pois os gafanhotos e a escuridão tinham-nos deixado mais dispostos a escutar. – Eu mesmo escutei que todos os primogênitos de todas as famílias do Egito morrerão, desde o filho mais velho do faraó, que ocupa o trono, até o filho mais velho do mais baixo dos escravos. Até os primogênitos dos animais morrerão.

Todos olharam para Jeramel, e ele ficou pálido, olhando para Kelubai com respeito renovado.

– Você voltou para salvar a minha vida?

– Somos irmãos, não somos? E não é só a sua vida que eu quero poupar, mas também a do seu primogênito e a do primogênito de todos os meus irmãos. Lembrem-se! Todo primogênito homem.

Esrom se levantou.

– Eu vou para Gósen com Kelubai. Todos os nossos animais morreram. Os grãos que tínhamos escondido para nossa subsistência foram comidos pelos gafanhotos. Não tem nada nos prendendo aqui.

Eles viajaram para Gósen de boa vontade, montando barracas perto do acampamento de Kelubai, que os reuniu assim que todos estavam instalados.

– Escutem as instruções que o Senhor deu a Moisés. Cada família deve sacrificar um jovem cordeiro sem defeito. – O sangue deveria ser passado na entrada da barraca, e eles deveriam ficar do lado de dentro até que a morte passasse. O cordeiro deveria ser assado com ervas amargas e comido com pão ázimo. – Devemos usar sandálias, roupas de viagem e segurar cajados enquanto comemos.

Quando chegou a noite da praga anunciada, Kelubai, sua esposa e filhos, Quenaz, seu pai Esrom e outros quatorze se reuniram em volta da fogueira em que um cordeiro era assado sobre carvão quente. Tremendo de medo, eles obedeceram exatamente às instruções de Moisés, esperando que todos dentro da pequena tenda sobrevivessem àquela noite.

Kelubai escutou um som se movendo no alto, um vento sussurrante que fez seu sangue congelar. Sentiu uma presença sombria tentar entrar pela aba fina de couro que servia como porta. Todos ali dentro prenderam a respiração e se aproximaram uns dos outros. Kelubai empurrou Messa e Jeramel para o centro do círculo familiar que formavam.

– Se vocês morrerem, todos morrem. – Jeramel olhou ao redor, confuso, abalado. Quando gritos cortaram o ar gelado da noite, Azuba agarrou a túnica de Kelubai e escondeu seu rosto nas dobras enquanto os filhos dele o abraçavam. Um homem gritou, e todos dentro da barraca de Kelubai pularam.

– Todos nós vamos morrer! – Alguns começaram a chorar.

– Nós não vamos morrer – Kelubai falou, com uma confiança que estava longe de sentir. – Não se tivermos fé no Deus invisível.

O GUERREIRO

Jeramel pegou seu filho mais velho pelos ombros, mantendo-o perto.

– Só temos pele de cabra para nos cobrir, Kelubai, enquanto os hebreus têm barracos feitos com tijolos de lama e portas.

– Tem alguma coisa lá fora.

O medo cresceu dentro da tenda, motivado por mais gritos que vinham do lado de fora. As crianças choravam; eles apertaram mais o círculo.

– Devemos seguir as instruções. – Kelubai cortou a carne do cordeiro. Esforçou-se para manter a voz calma. – Pegue o pão, Azuba.

Ela se levantou para obedecer.

– Como você espera que a gente coma em uma hora como essa?

– O Deus de Abraão exige isso. – Kelubai entregou um pedaço de carne de cordeiro para seu pai, que pegou. – Agradeça ao Deus de Abraão pela proteção Dele contra essa praga da morte.

Kelubai engoliu o medo e se forçou a comer a ceia da Páscoa. "Amanhã estaremos livres!"

* * *

Os egípcios vieram correndo para Gósen, gritando:

– Vão embora! Rápido!

– O faraó cedeu!

– Saiam o mais rápido que puderem, ou todos nós vamos morrer!

– Rápido!

– Aqui, vamos, levem esses grãos como presente. Peça ao seu Deus pela minha vida.

– Leve minha prata.

– Pegue meu ouro!

– Ore por nós!

– Vão embora! Logo!

Outros se agarravam às túnicas dos hebreus, implorando:

– Por favor, deixem-nos ir com vocês. Soubemos que Deus está com o seu povo!

Kelubai aceitou os presentes oferecidos enquanto seus filhos tiravam a pele de cabra que cobria a tenda e soltavam os mastros. Ele riu.

– Eu não falei para vocês que a nossa liberdade estava ao nosso alcance? – Quem poderia imaginar que Deus faria os egípcios dar presentes a eles, enquanto imploravam que fossem embora? Kelubai levantou as mãos para o alto e gritou: – Que Deus poderoso Vós sois! – Rindo com alegria, Kelubai colocou o último presente em sua carroça. – Nossos carrascos nos encheram de presentes e nos imploraram para ir embora!

Azuba andava de um lado para o outro, juntando os pertences deles e amarrando em trouxas enquanto gritava para as crianças não deixarem as cabras se afastar.

– Sapos, gafanhotos, peste e morte! Como podemos adorar um Deus como esse? Ninguém dá sem esperar receber em troca, Kelubai. O que esse Deus vai pedir de nós?

– Até agora, Ele não pediu nada, só que acreditemos no que Ele diz.

– E quando estivermos no deserto, o que Ele vai pedir de nós?

– Se Ele pedisse tudo, eu daria.

– Nossos filhos, Kelubai? Você sacrificaria nossos filhos?

O medo dela fez com que ele parasse. Os grandes supervisores de Canaã eram deuses sedentos de sangue humano. Será que o Deus de Abraão era como eles? Caso fosse, por que pediu o sangue de um cordeiro em vez do sangue dos filhos de Israel?

Kelubai incitou o boi e alcançou o pai e os irmãos, que estavam à sua frente. Como eles não tinham animais nem pertences para carregar, podiam viajar mais rápido do que ele.

Esrom compartilhava sua animação, mas Jeramel temia o futuro, assim como Azuba.

– E quantos mais estarão lá no deserto à nossa espera?

– Eles ficarão sabendo do que Deus fez por nós.

– As nações podem temer esse Deus, mas por que eles temerão um bando de escravos?

O GUERREIRO

Kelubai dispensou com um aceno.

– Somos mais do que um bando, irmão. Olhe à sua volta! Somos milhares e milhares.

– Espalhados em uma dúzia de tribos, com retardatários que se agarram como carrapatos. Não somos uma nação. Não temos um exército.

– Por que precisamos de um exército se o Deus do céu e da terra luta por nós? Quando as pessoas souberem o que aconteceu no Egito, fugirão de nós.

– De onde você tira essa fé em um Deus cujo povo o chama de *cachorro*? Kelubai sorriu friamente.

– Já me chamaram de coisa pior.

* * *

A massa maltrapilha viajou o dia e a noite, seguindo para o sul, longe da rota comercial. Deserto adentro, eles seguiram até virarem para o leste, ficando pressionados entre os altos paredões de um grande vale que levava até o mar Vermelho. E, ali, as famílias se reuniram, implorando para Moisés salvá-los agora que tinham recebido a notícia de que o faraó e seu exército não estavam muito distantes deles.

– Olha o que você fez conosco, Kelubai! – acusou Jeramel. – Se tivéssemos ficado no Egito, a nossa vida e a de nossos filhos estariam a salvo.

Milhares gritavam e choravam, aterrorizados ao perceberem que estavam encurralados e não tinham escapatória.

Kelubai abaixou a cabeça contra o vento e empurrou.

– Fiquem perto da tribo de Judá. – O vento balançava sua túnica, castigando-lhe o rosto com areia e gotas de água salgada. – Fiquem juntos!

Ele puxou a esposa e os filhos para perto, quando uma nuvem se transformou em chama. Furiosa, ela se transformou em uma coluna de fogo que fechou o vale e impediu que as charretes do faraó entrassem.

– Estão se movendo! – Azuba falou.

E a multidão avançou quando o mar se abriu diante deles, criando uma passagem até o outro lado, revelando o caminho da salvação. Algumas pessoas correram pelo leito. Outras, carregadas com seus pertences, iam mais devagar. Kelubai gritou para Azuba correr na frente com os filhos enquanto ele seguia com os bois e a carroça. O pai e os irmãos ficaram com ele, carregando sacos para que a carga ficasse mais leve e conseguissem seguir mais rápido. Milhares vinham atrás, empurrando, seguindo o caminho através do mar. Quando Kelubai chegou à margem, encontrou sua família esperando entre aqueles da tribo de Judá.

A coluna de fogo se levantou, e o exército do faraó correu para a areia do caminho aberto por Deus. Kelubai viu Zimri entre os retardatários. O ancião, pálido de exaustão e encurvado sob o peso de um saco cheio com seus pertences, esforçava-se para escalar a margem alta com a ajuda de seu filho, Carmi. Kelubai correu até eles, pegou o saco e ajudou o ancião a subir.

– As carruagens estão vindo! – avisou Quenaz, aproximando-se deles e pegando o saco. – Eles estão vindo! Rápido!

Gritos vinham de trás, e Kelubai sentiu uma onda gelada e molhada nas suas costas. Caiu para a frente de cara no chão, então sentiu mãos sobre ele, puxando-o e gritando. Kelubai ficou de pé no solo molhado e puxou para cima. Com os pulmões ardendo, Quenaz jogou o saco no terreno seco. Ajudaram Zimri, que estava assustado, mas ileso, a chegar ao terreno mais alto.

– Eles se foram. – Quenaz olhou para o mar. – Todos eles sumiram.

A multidão ficou em silêncio, encarando o mar agitado enquanto corpos de soldados egípcios eram trazidos até a areia.

Kelubai ficou ao lado de Zimri e Carmi.

– Devemos dar graças ao Deus que nos salvou.

O ancião ainda estava pálido, mas tinha recuperado o fôlego. Segurava nos braços de Kelubai como apoio.

– Obrigado, Calebe.

Pela primeira vez, o nome dele foi pronunciado sem sarcasmo. Calebe. "Um novo nome para uma nova aliança. Que assim seja."

As mãos do ancião se cerraram.

– Monte seu acampamento ao lado do meu. – O filho dele, Carmi, sorriu e deu um tapinha nas costas de Calebe.

* * *

Mal tinham se passado três dias e o júbilo se transformou em reclamação quando a água do deserto se mostrou amarga e intragável. Moisés orou e jogou uma casca de árvore no lago, permitindo, assim, que o povo matasse a sede antes de seguirem viagem para as tamareiras de Elim. Alguns teriam ficado felizes em permanecer ali, mas Deus dissera a Moisés para guiar o povo Dele para o deserto. A pergunta mais comum era por quê. Por que Deus não os levava para os pastos verdes e águas calmas em vez de levá-los para uma terra árida onde só havia areia e pedras? Sede e fome logo se estabeleceram, e o povo pedia por carne, como se Deus fosse um servo divino que deveria dar a eles tudo o que pedissem. Moisés orou, e Deus mandou codornas para o acampamento, tantas que não era possível andar sem tropeçar nelas. Mas, na manhã seguinte, o maior milagre aconteceu, quando Deus deu a eles o pão dos céus para sustentá-los. As instruções eram de que deveriam pegar apenas o suficiente para um dia, não mais do que isso.

Calebe se ajoelhou, pegou alguns flocos brancos e colocou na boca até que derretessem. Era mais doce do que qualquer outra coisa que já tivesse experimentado e tinha a umidade do orvalho.

Quando encheu seu jarro de barro, ele se levantou e olhou para a nuvem que fazia sombra sobre o acampamento. Ela não se movia com as correntes de ar como as outras nuvens nem desaparecia nos dias quentes. Ela permanecia com o povo, pesada, com dedos brancos acinzentados, como se a poderosa mão do próprio Deus protegesse os israelitas e seus companheiros viajantes do calor do sol do deserto.

Liberdade, água, comida, abrigo. Havia alguma coisa que o Senhor não tenha dado a eles?

Oprimido pelas emoções e sem conseguir entender nem definir, Calebe olhou para cima, lágrimas escorrendo pelo seu rosto.

– Como devo adorá-Lo, Senhor? Como agradeço pela minha vida? Como vou viver daqui em diante? Nada é como eu imaginava ser, oh, Senhor!

A vida tinha se tornado confusa. Liberdade não era a questão simples que ele sonhara. Quando era escravo, sabia como seria seu dia e como faria para chegar ao fim dele. Agora, não sabia o que o dia seguinte traria. Cada dia era diferente. Não sabia onde iria acampar ou por quanto tempo ou por que um lugar em particular tinha sido escolhido. Montava sua barraca ao lado da de Zimri todas as noites, mas sempre havia outros em volta deles, estranhos buscando uma posição melhor. Ele não era diferente dos outros, com ambições para si e para suas famílias, desejando algo melhor do que aquilo que já conheciam, exigindo mais, agora que tinham a liberdade, que trouxera com ela a realidade das decisões diárias que sempre haviam sido tomadas por eles. Calebe gostava de achar que era mais astuto, mais capaz de dar um jeito, mas agora percebia que era exatamente como todos os outros. Tinha nascido e crescido em uma cabana de lama e passado toda a vida em um pequeno pedaço de terra em que trabalhou para o faraó. Agora, estava constantemente agitado, fora de seu elemento. Em vez de morar em um único lugar, ele viajava grandes distâncias e morava em uma barraca como um nômade do deserto. Essa não era a vida que ele imaginara.

Tenso, irritado, lutando contra a confusão da nova vida, esforçando-se para manter sua família unida e para manter algo parecido com ordem, ele sentia mais vergonha do que alegria. Às vezes, eles se comportavam como uma alcateia de lobos, uivando uns para os outros, brigando por migalhas.

– Para onde nós vamos, irmão? Achei que iríamos para Canaã, mas estamos no meio do deserto!

Todos os dias tinham suas querelas e desafios. Como Moisés conseguia escutar a voz de Deus por meio da cacofonia de vozes alteradas sempre questionando e reclamando?

Calebe também travava uma batalha dentro de si.

Em seu coração, clamava a Deus. "Não quero questionar as Vossas decisões, Senhor. Quero seguir agradecendo e sem hesitação para onde Vós dizeis que devemos ir. Quero mergulhar no desconhecido da mesma forma que Moisés: com a cabeça erguida e o cajado na mão. Não quero olhar para trás, ansiando pela vida que eu conhecia. Oh, Deus, ajudai-me a me lembrar de como era insuportável e de como eu ansiava por ser livre. Vós sois capaz de modificar um homem, Senhor? Se fordes, modificai-me!"

– Calebe!

Ao escutar a voz irritada de Jeramel, Calebe abaixou seu jarro e o encostou no peito, com os olhos fechados e os dentes cerrados.

– Vamos seguir viagem *de novo!* Embora ninguém além de Moisés saiba para onde vamos desta vez. Como se houvesse um lugar melhor do que este para montar... – As reclamações de Jeramel foram sumindo, conforme ele se afastava.

A nuvem agora estava se movendo. Com sua forma mutável, Calebe imaginou suas dobras como uma águia com as asas abertas, flutuando, cabeça baixa para observá-los, não como presas, mas como filhos protegidos.

– *Calebe!* Vai ficar aí parado? Eles estão indo!

"E, por favor, modificai outros também."

* * *

O povo se rebelou quando chegou a Refidim, pois ali não havia água. Calebe e sua esposa deram a água que tinham para os filhos e estavam com tanta sede quanto os outros. Os parentes não davam paz a ele.

– Foi sua ideia seguir esse Deus...

– Cadê a vida melhor que você prometeu?

– Estou com fome, pai.

– Quanto tempo falta para chegarmos lá?

– Pergunte ao seu pai *onde* tem.

Calebe se afastou deles e sentou-se no meio das pedras, na base da montanha alta. Se ia morrer, queria que fosse em paz, e não cercado por israelitas reclamões ou parentes que o culpavam por cada incômodo. Ainda assim, escutava a multidão gritando a distância. Tapando os ouvidos, tentou abafar os berros furiosos. A sua ira também crescia, seu coração batia rápido, seu sangue corria quente.

"Como eles se esquecem rápido do que Vós podeis fazer! Vós fizestes o Nilo virar sangue. Vós mandastes pragas. Vós matastes os rebanhos do Egito com uma peste. Vós cobristes o povo com úlceras. Destruístes a terra com granizo e fogo e matastes os primogênitos do faraó e de todos os outros abaixo dele, ao mesmo tempo que poupastes os animais e as vidas daqueles que pertencem a Vós. Ainda assim, o louco do faraó mudou de ideia e veio atrás de nós!

Mas Vós abristes o mar, secastes o caminho e depois fechastes sobre o exército do faraó, acabando com eles como poeira em uma tempestade. O mar. O Nilo. O rio da vida, não. Não! Quem, além de um tolo, poderia preferir a vida de escravidão e morte?

Água, Senhor. Por favor. Água é uma pequena coisa, mas morreremos sem ela. Oh, escutai-nos, Deus que manda nos céus e na terra. Ajudai-nos!"

Com a língua seca, a garganta fechando, a pele tão ressecada que parecia que seu corpo estava encolhendo, ele fechou os olhos. Se não fosse a nuvem acima deles, Calebe sabia que já teria morrido, assado no calor, seco como um peixe do Nilo na grelha.

"Por que eu ainda estou vivo? Qual é o propósito de todo esse sofrimento? Eu não Vos entendo. Vós nos libertastes apenas para deixar que morrêssemos de sede? Não faz sentido. Água, Senhor. Oh, Deus de poder e misericórdia, dai-nos água. Não acredito que Vós nos trouxestes aqui para morrer. Não acredito. Não posso acreditar!"

O GUERREIRO

Os gritos na multidão de repente mudaram para animação e exultação. Tremendo por causa da fraqueza, Calebe se levantou e deu alguns passos para que pudesse ver o que estava acontecendo. Água jorrava de uma rocha na lateral da montanha, formando um riacho que corria e formava uma piscina. Milhares se ajoelharam, apoiando-se nas mãos, enfiando os rostos na água e bebendo como animais. Outro milagre! Exatamente quando mais precisavam.

Cambaleando, Calebe desceu pela encosta rochosa. Abrindo caminho entre o povo que comemorava, sem afastar o olhar da rocha de onde fluía água, ele se agachou, juntou as mãos e bebeu. A própria rocha era o poço da água que dá vida. O riacho saía da pedra, a água fresca e clara. Conforme Calebe bebia, sentiu seu corpo se renovar, ganhando força e vitalidade. Fechando os olhos, pegou a preciosa água e lavou o rosto, desejando mergulhar nela.

Enquanto as pessoas saciavam sua sede, Calebe escutou uma gritaria.

– Os amalecitas estão atacando! Estão matando os retardatários!

Moisés chamou Josué. O povo gritava de novo, agora assustado.

– Logo nos alcançarão!

– Não temos exército para lutar contra os amalecitas!

Calebe se levantou, pingando, e correu para seu acampamento. Procurou entre seus pertences que trouxera do Egito até encontrar sua foice.

– Vamos. – Ele levantou sua ferramenta de trabalho e chamou seus irmãos. – Vamos lutar pelos nossos irmãos!

– Não somos soldados – retrucou Jeramel. – Somos fazendeiros.

Calebe o encarou, furioso.

– E um fazendeiro não deve lutar por seus vizinhos?

– Quem é meu vizinho?

Não havia tempo para perder discutindo. Pessoas estavam morrendo! Dando as costas para o pai e para os irmãos, Calebe correu atrás de Josué. Outros tinham se juntado ao jovem servo de Moisés, que já dera instruções e agora estava subindo a montanha com o irmão, Aarão, de um lado, e o amigo Hur, do outro.

Calebe olhou para o homem que estava no meio da multidão. Josué parecia tão jovem e nervoso. Os homens à sua volta estavam tensos, agitados, incertos. Calebe ficou inquieto.

O que sabia sobre lutar contra um inimigo treinado?

Lembrou-se do que Deus já tinha feito por eles. O Senhor os protegeria. O Senhor daria a vitória a eles. "Eu vou acreditar nisso. Vou me concentrar Nele. Vou proclamar a minha fé diante desses homens em alto e bom som para que todos escutem e saibam que estou do lado do Senhor!"

– Deixem-me passar!

Abaixando a cabeça, Calebe abriu caminho pela multidão até parar diante de Josué.

– Estamos aqui para obedecer às ordens de Deus, Josué. E o Senhor o designou como líder. – Calebe olhou em volta e aumentou o tom de voz. – Deus lutará por nós! Ele não nos trouxe para este deserto para sermos covardemente mortos por saqueadores que matam os fracos e oprimidos, nem por aqueles que se curvam diante de falsos deuses! – Mostrando os dentes em um sorriso, Calebe olhou dentro dos olhos de Josué. – Repita para nós as ordens que o Senhor lhe der. Essa batalha é de Deus!

Os olhos de Josué brilharam com uma fúria repentina. Ele soltou um grito, e outros se juntaram a ele.

E assim eles partiram para a batalha, armados com suas ferramentas de trabalho na fazenda, enquanto três anciãos oravam em cima da montanha.

E Deus lhes deu a vitória.

Após o triunfo, veio a quietude duradoura. Calebe esperou, junto com milhares de outros acampados, na base da montanha, enquanto Moisés a subiu para se encontrar com o Senhor. Dias se passaram, e longas noites de quietude e questionamentos.

A espera se provou um teste ainda maior do que lutar contra o inimigo.

DOIS

Calebe estava sentado, infeliz, encarando a montanha. "Aqui estou eu sentado, pois sou um covarde, um estrangeiro de novo." Sua cabeça estava caída.

Banhado, com roupas limpas, consagrado, ele ficara de pé junto com a multidão, ansioso para escutar a Palavra do Senhor. Ele escutara Deus tocar o shofar. O som, longo e pesado, deixou seu peito agitado. Um fogo que consumia se acendera no topo da montanha, trazendo consigo um estrondo. Fugira com medo. Como ovelhas, milhares saíram em disparada. E, assim como os outros, ele se acovardara a distância. Deixou que Moisés escutasse Deus e depois dissesse a eles o que Ele dissera.

Moisés estava na montanha de novo, mas, desta vez, ele levara os anciãos com ele, incluindo Zimri, da tribo de Judá. Josué também havia sido convocado.

Mortificado pela própria covardia, Calebe não falou com ninguém. Sabia que tinha perdido sua chance de ficar perto de Deus. Cobrindo o rosto, ele chorou.

Quando Aarão e os anciãos voltaram, Calebe foi escutar o que Zimri tinha a contar aos filhos de Judá.

– Nós vimos o Deus de Israel; embaixo dos pés Dele, o chão era de safiras, tão claras quanto o próprio céu. – Zimri tremia de excitação, seus olhos brilhavam. – Ele não estendeu Suas mãos contra nós. Nós comemos e bebemos em homenagem a Ele. E, então, o Senhor chamou Moisés ao topo da montanha. Deus entregará a ele as leis segundo as quais deveremos viver.

– Onde está Josué? O que aconteceu com ele?

– Josué subiu ao topo da montanha com Moisés. Conseguíamos vê-los enquanto subiam. Então eles pararam e esperaram por seis dias. No sétimo, a montanha pegou fogo, e Moisés entrou na nuvem e desapareceu. Josué ainda está lá esperando por ele.

– Moisés e Josué estão vivos?

– Só Deus sabe.

– Antes de subir, Moisés nos disse para esperar, e nós esperamos.

– Eles levaram alguma coisa com eles? Comida? Água?

Nada.

Dias de passaram, depois semanas. O povo foi ficando cada vez mais agitado.

Com certeza, Moisés estava morto. Por que eles continuavam acampados naquele lugar desolado? Por que não voltavam para o Egito? Não precisavam temer voltar agora. Depois de todas as pragas, será que os egípcios não teriam medo deles?

– Por que eles teriam medo de nós? – protestou Calebe com a sua família. – *Nós* não levamos as pragas. Foi *Deus*!

– Nós deveríamos sair daqui antes que ele decida nos matar da mesma forma como matou Moisés.

– Nós não sabemos se Moisés está morto.

Jeramel se levantou.

– Ele já está desaparecido há um mês, Calebe! É um homem velho e subiu aquela montanha sem comida nem água. O que você acha que aconteceu com ele?

– Ele viveu em Midiã por quarenta anos antes de voltar para o Egito. Aquele velho certamente sabe como sobreviver no deserto.

Esrom se colocou entre os dois.

– Calebe, você estava certo em nos levar para Gósen. Estamos livres da escravidão. Mas, agora, está na hora de voltarmos para o Egito ou irmos para Canaã. Não podemos ficar aqui para sempre.

Calebe cerrou os punhos.

– Por que não? Temos água. Temos maná.

– Que tipo de vida é essa? – Jeramel estava furioso. – Não aguento mais comer maná. A doçura daquilo gruda na minha garganta.

– No Egito, nunca sabíamos se teríamos pão para comer no dia seguinte!

Jeramel se virou para os outros.

– Nós devemos voltar para o Egito. Eles têm medo de nós. Até mesmo os deuses têm medo de nós. Podemos fabricar deuses e mostrar que voltamos como irmãos.

Calebe riu com sarcasmo.

– Voltar para os deuses que não têm poder nem para se protegerem?

– E o que esse deus está fazendo de bom para nós? Ficamos sentados esperando. Estamos esperando há semanas. Vamos viver o resto de nossas vidas aos pés dessa montanha?

– Podem ir e vejam até onde conseguirão ir sem a proteção Dele.

– Não estaremos sozinhos, Calebe. Para onde eu me viro, outros estão dizendo a mesma coisa. Até mesmo aquele ancião que você segue, Zimri, foi com os outros falar com Aarão.

– E o que Aarão disse?

– Primeiro, ele disse para esperar. Agora ele não diz nada.

Calebe saiu. Não suportava mais o ar dentro da barraca. Olhou para o topo da montanha. Nada havia mudado. A nuvem permanecia, raios brilhando dentro dela. Por que Deus mataria Moisés? Que sentido isso fazia? Ainda assim, se o ancião não tinha morrido, por que estava se demorando tanto lá em cima? E onde estava Josué?

Cerrou os punhos.

– Eu não posso acreditar que Vós nos trouxestes aqui apenas para nos abandonar. Não acredito.

– Calebe?

Azuba estava parada à porta. Ela se aproximou dele, hesitante, com o olhar confuso.

– Por que você está tão determinado a acreditar nesse Deus?

– Qual é a alternativa?

– Voltar para o Egito.

– Sim, e eu preferia que meus filhos morressem a voltar para aquele lugar de morte.

– Será diferente desta vez, Calebe.

– Mulher, você fala de coisas que não entende.

Ela ergueu o queixo.

– Ah, claro, como você entende esse Deus. Como você entende por que devemos ficar aqui, dia após dia, esperando pelo que ninguém sabe o quê.

– Você deveria escutar o que eu digo, e não o que meu irmão diz.

– Eu escuto o que você diz, mas deveria escutar o seu pai.

Ela voltou para dentro da barraca.

Frustrado, Calebe saiu caminhando pela noite. Como desejava subir aquela montanha e descobrir o que tinha acontecido com Moisés... Mas um limite havia sido imposto; a montanha era um terreno sagrado. Não podia colocar nem um pé ali.

Vagando pelos acampamentos lotados, Calebe escutou vários tipos de conversa. Jeramel havia falado a verdade. Ele não era o único pensando em retornar para o Egito. Já estava quase amanhecendo quando ele voltou para sua barraca, exausto e desanimado, e foi para a cama.

Azuba o acordou.

– Marido, mensageiros vieram ao acampamento. Aarão mandou que os homens levem para ele um par de brincos de ouro de cada esposa e filha.

Ela já tinha colocado seus brincos em um pedaço de pano.

O GUERREIRO

– Para quê?

– Isso importa? Seu pai e seus irmãos estão esperando lá fora.

– Rápido! – Jeramel apareceu na entrada da barraca. – Cestas foram colocadas do lado de fora da barraca de Aarão, e já estão transbordando com brincos de ouro. Alguns também colocaram colares e pulseiras.

– Deem a ele o que quiserem. – Furioso, Calebe se virou sobre o estrado. Estava cansado e desanimado demais para se importar com o motivo pelo qual Aarão pedira ouro.

Descobriu logo. O boato se espalhou. Todos deveriam ir para adorar o Senhor. Calebe foi, ansioso, com sua família. Chocado, ele se viu diante de um cordeiro de ouro muito parecido com aqueles que costumava ver no Egito. Este estava longe de ser as feras esbeltas colocadas sobre pedestais no Egito.

– De onde isso veio?

– Aarão fez para nós.

– Aarão? – Não podia acreditar que o irmão de Moisés faria tal coisa. Mas ali estava ele, parado diante de multidão, falando e pedindo oferendas para o Deus que os tirara do Egito.

"Não podia ser!" Confuso, Calebe se afastou.

O povo fazia reverências e dava oferendas.

Azuba e os filhos de Calebe, seus irmãos e seu pai fizeram o mesmo. Ninguém tremia diante desse deus. Em vez disso, levantavam-se, riam, dançavam e comemoravam. Aarão proclamou um banquete. Calebe não sabia o que fazer. Passando mal e confuso, voltou para a sua barraca.

Música enchia o acampamento. Depois, gritos e gargalhadas.

Azuba entrou e deitou-se ao lado dele, os olhos escuros. Cheirava a incenso e tinha gosto de vinho.

– Assim é melhor, não é? – Ela se aproximou dele, cheia de desejo.

Calebe prendeu a respiração. Talvez fosse melhor não pensar em um Deus que não conseguia compreender. Mas, de alguma forma, isso não lhe parecia certo. Queria empurrá-la, mas ela o beijou. Seu senso vacilou.

45

Ela era sua esposa, afinal. É claro que não havia nada de errado naquilo. Talvez fosse melhor não se perturbar com sensações inexplicáveis de vergonha e culpa.

– Azuba...

– Faça amor comigo.

Por que deveria se sentir culpado? Talvez fosse melhor viver e não pensar. "Deus, Deus." Não. Não pensaria em Deus agora. Agora, não. Agarrando o cabelo solto de Azuba, ele aceitou o que ela oferecia, cedendo ao fogo que sentia. A paixão tomou conta, chegou ao seu ápice, então evaporou, deixando apenas um rastro de vergonha e confusão.

Calebe ficou deitado na escuridão, com Azuba, saciada, adormecida ao seu lado. Ele nunca tinha se sentido tão sujo.

O acampamento estava um alvoroço.

– O que está acontecendo agora?

Sua esposa continuava dormindo, o efeito do vinho impedindo que ouvisse os sons e visse as luzes. Ela estaria com enxaqueca quando acordasse. Calebe vestiu-se e saiu da barraca.

Moisés havia voltado! Saiu andando pelo acampamento, gritando.

– Ele destruiu as tábuas de pedra!

Calebe segurou um homem que corria.

– Que tábuas de pedra?

– Aquelas tábuas nas quais Deus escreveu os mandamentos que devemos seguir!

Calebe correu na direção da gritaria. Moisés estava em cima de uma plataforma, empurrando o cordeiro do pedestal.

– Queimem-no. – Seu rosto estava vermelho: os olhos, cheios de ira. – Moam até que vire pó e espalhe na água potável.

O povo estava descontrolado, alguns bêbados, não querendo abrir mão do prazer que estavam tendo, outros gritavam de forma desafiadora.

Calebe sentiu que uma tempestade se formava. Aarão estava correndo. Gritava, e outros da sua tribo de Levi correram para se colocar atrás de Moisés. Alguns tinham espadas e as brandiram.

De repente compreendendo, Calebe gritou. Viu seus filhos no meio da multidão que se juntava contra Moisés.

– Messa! Maressa! Jesher! Saiam do meio desse povo! Shobab! Ardon! Venham aqui. Rápido! – Os filhos dele abriram caminho pela multidão, de olhos arregalados. Ele correu para encontrá-los, agarrou-os e os empurrou contra o chão. Quando eles gritaram, em pânico, e tentaram se levantar, ele os empurrou de novo.

– Ajoelhem-se diante do Senhor. Ajoelhem-se!

Gritos de raiva e morte os cercavam.

Alguém passou por cima dele. Metal atingia metal, palavras eram trocadas, um grito gorgolejante, um golpe. O coração dele estava acelerado. Então, compreendeu.

– Perdoai-nos, Senhor. Perdoai-nos. Deus, perdoai-nos.

Se essa era a fúria de Moisés, imagina o que Deus faria em Sua ira.

Quando um homem caiu morto ao lado deles, Ardon gritou e tentou se levantar. Calebe o puxou para baixo de novo, subindo um pouco em cima dele para mantê-lo no chão.

– Perdão, Senhor! Perdão! – Seus filhos soluçavam aterrorizados. – Orem pedindo perdão! Orem! – mandou Calebe.

– Deus, perdoai-nos...

– Deus, perdoai...

Será que o Senhor escutaria pedidos baixinhos no meio do caos do terror que havia se instaurado em volta deles?

Logo a batalha chegou ao fim. Soluços e choros eram ouvidos em todos os lugares. Jeramel estava caído morto, ao lado de sua barraca. E seu outro irmão, também. As esposas estavam caídas ao lado. Esrom estava sentado na entrada de sua barraca, balançando o corpo para a frente e para trás, o rosto acinzentado, as roupas rasgadas em seu sofrimento. Quando Azuba saiu, olhos turvos, e viu o que tinha acontecido, chorou e jogou pó para cima. Em silêncio, Calebe mandou que seus filhos ajudassem a carregar os corpos para fora do acampamento, para serem enterrados.

Será que sua família o culparia pelas mortes? Gritariam com ele porque insistiu tanto que viessem com os israelitas e seguissem o Deus deles? Iam querer voltar agora?

Quando voltou para sua barraca, encontrou todos em silêncio.

Ninguém olhava para ele, nem mesmo sua esposa e filhos.

– Vocês me culpam pela morte deles, não é?

– Nós deveríamos ter voltado quando tivemos a chance.

– Voltado para o quê, pai? Para a escravidão?

– *Meus filhos estão mortos!*

"Meus irmãos", Calebe queria acrescentar, mas ele se agachou e falou baixinho:

– Nós só devemos prestar homenagens ao Deus que nos libertou.

– Não devemos poder escolher que deus vamos adorar?

Ele olhou para Azuba.

– Você, minha própria esposa, vai se virar contra mim? Nem um, nem *todos* os deuses do Egito são páreo para o Senhor Deus de Israel.

Ela sentia aversão por ele. Ele sentia aversão por si mesmo.

– Aarão fez o cordeiro de ouro e ainda está vivo.

– Sim, pai, porque ele correu para Moisés quando este ordenou. Se meus irmãos tivessem se abaixado diante do Senhor, ainda estariam vivos. Mas, em vez disso, eles preferiram desafiar Deus e Moisés. Eles escolheram a morte em vez da vida.

O velho homem soluçava.

Em um luto profundo, Calebe se despiu de suas joias. Ao tirar um amuleto do pescoço, ele olhou para o objeto e gelou. Como nunca tinha notado antes que era a Estrela de Renfã? Usava uma serpente de Ra no braço, um escaravelho de lápis-lazúli incrustado em ouro maciço no dedo. Estremecendo, ele tirou todas as joias que usava.

– Tirem tudo que seja uma homenagem a qualquer outro deus. – Eles obedeceram, tirando os presentes que os egípcios lhes tinham dado. – Não sei como não estamos todos mortos!

O guerreiro

* * *

Moisés havia talhado outras duas tábuas de pedra e subido a montanha para implorar o perdão de Deus em nome do povo. Quando ele voltou, seu rosto brilhava como o sol. Até que ele cobrisse seu rosto com um véu, ninguém teve coragem suficiente de se aproximar dele, nem mesmo seu irmão, Aarão. Moisés não tinha voltado de mãos vazias; ele trouxe os Mandamentos escritos pelas mãos de Deus nas tábuas, e os planos para um tabernáculo e itens sagrados, entre eles uma arca que deveria guardar os Mandamentos. Deus escolhera dois homens para a tarefa de construir o Tabernáculo: Bezalel e Aoliabe. Era necessário que o povo fizesse ofertas para a construção, e eles atenderam. Deus não tinha dado o que era necessário para que recebessem os presentes que os egípcios deram aos israelitas? O povo estava apenas devolvendo uma porção do que Deus já tinha dado para eles.

Calebe deu o que tinham de melhor.

– Basta! – exclamaram os servos de Moisés. – Já temos o suficiente!

Todo mundo trabalhou. Inclusive Azuba. Ela se juntou às outras mulheres da família para tecer um tecido fino. Os irmãos de Calebe que ainda restavam ajudaram a manter as fogueiras acesas para que o ouro e o bronze pudessem ser derretidos. Calebe trabalhou duro, honrado por receber sua tarefa junto com os filhos de Judá. Mas ele sabia que alianças se enfraqueciam sob estresse. Precisava encontrar outra forma de ser aceito entre esse povo.

As mulheres jovens usavam roupas de luto. Muitas tinham perdido seus pais e irmãos no dia da retribuição de Deus pelo ídolo de ouro. Calebe viu nelas uma forma de solidificar a conexão de sua família com a tribo de Judá.

Ele se aproximou do seu pai e de seus irmãos.

– Precisamos fortalecer a nossa aliança com Judá.

– Como? – Quenaz indagou, firme.

– Casar-nos com as filhas de Judá.

Calebe pegou uma segunda esposa, Jeriote. Seu pai e Quenaz fizeram o mesmo, assim como os outros nos meses seguintes.

Todo dia de manhã, Calebe escutava avidamente sobre as leis que Deus entregava a Moisés. Ele queria agradar ao Deus do céu e da terra. Embora a tarefa de seguir tantas leis fosse desafiadora, ele se sentia cercado por todos os lados, seguro sob o olhar vigilante de Deus.

"Conheça meu coração, Senhor. Saiba que eu desejo agradá-Lo."

Quando o Tabernáculo e os itens sagrados estavam prontos, Calebe se colocou no meio da multidão, ombro a ombro para as cerimônias de oferendas, orando para que Deus ficasse satisfeito com o trabalho deles. Não conseguiu um lugar na frente, então precisou se esticar para ver e se esforçar para escutar o que estava sendo dito. Desistindo, Calebe fixou o olhar na nuvem.

Quando ela se moveu, o coração dele palpitou, excitado.

Admirado, ele respirou fundo e prendeu o ar. Quando a nuvem desceu e encheu o Tabernáculo, todos choraram de alegria. Calebe agradecia a Deus em voz alta.

A alegria durou pouco.

– Os filhos de Aarão estão mortos!

As pessoas gritavam e choravam. Algumas saíram correndo.

– O que aconteceu?

– Eles foram consumidos pelo fogo!

– Por quê?

Mais tarde, Calebe escutou que eles tinham zombado da lei do Senhor e oferecido incenso de forma diferente daquela que Deus ordenara. O medo tomou conta de Calebe. Se Deus havia matado os filhos de Aarão, não toleraria pecado entre Seu povo. Calebe estava com medo de virar à esquerda ou à direita do que o Senhor mandava.

Zimri representava Judá entre os setenta anciãos instruindo os filhos de Judá. Sempre que o ancião se sentava para ensinar as leis que Moisés recebera do Senhor, Calebe estava lá, escutando com mais atenção do que os mais jovens que se reuniram.

O GUERREIRO

Conforme o povo se aproximava da Terra Prometida, mais confusão brotava. A ralé egípcia viajando com eles reclamava do maná. Eles ansiavam por peixe, pepino, melão, alho-poró, cebola, alho da terra natal deles.

– Estamos cansados de só comer esse maná!

Os israelitas se juntaram às reclamações.

Até os filhos de Judá começaram a reclamar.

– Essas pessoas não aprenderam nada. – Calebe mantinha suas esposas e seus filhos dentro da barraca. – Será que elas acham que o Senhor não escuta todas essas críticas?

Jeriote não disse nada, mas Azuba argumentou:

– Eu estou tão cansada de maná quanto eles. Mal consigo engolir sem engasgar com a doçura dele.

– Você está testando minha paciência, mulher. Quando vai aprender a agradecer o que Deus nos deu?

– Sou grata, mas temos de comer a mesma coisa todos os dias?

– Você só comia bolo de cevada e água no Egito e nunca reclamou.

– Sim, mas esse Deus podia nos dar qualquer coisa que quiséssemos. Por que Ele nos nega um *banquete* dos céus e, em vez disso, nos faz ajoelhar toda manhã no chão para pegar nossa porção de maná? Não aguento mais comer isso. Eu preferiria nunca ter saído do Egito!

Então, Deus mandou codornas e uma praga.

Azuba fez um banquete com aves assadas e morreu.

Lembrando-se dela como uma jovem esposa e mãe, Calebe lamentou. Deixando Jeriote no acampamento cuidando do bebê, ele e seus outros filhos carregaram o corpo de Azuba para fora do acampamento.

Eles enterraram-na entre os milhares de outros. Chorando, Calebe se ajoelhou e estendeu as mãos, o olhar fixo na nuvem. "Por que eles não escutam, Senhor? Por que eu acredito enquanto tantos não acreditam? Eles viram as pragas do Egito. Eles atravessaram o mar. Viram água sair de pedra. Comeram maná. Por quê, Senhor? Por que não acreditam?"

Trinta dias depois da morte de Azuba, Calebe procurou outra esposa entre as filhas de Judá que ficaram órfãs.

Zimri o aconselhou:

— Efrate seria uma boa escolha.

Os hebreus que escutaram a conversa trocaram sorrisos, e Calebe suspeitou de que ninguém mais queria a mulher. Que fosse ela. Faria o que fosse necessário para solidificar a aliança da sua família com Zimri, mesmo que isso significasse desposar alguma mulher odiosa.

— Tomarei as providências para saber o preço da noiva.

Vários homens riram baixinho e abaixaram a cabeça, sussurrando. Zimri segurou o braço de Calebe.

— Não se importe com aqueles que só veem o superficial.

Efrate foi trazida para sua barraca. Quando Calebe levantou o véu dela, suas suspeitas foram confirmadas. Ele a tratou com consideração, até afeto.

* * *

Outra rebelião teve início, dessa vez entre o sumo sacerdote, Aarão, e Miriam sobre a esposa cuxita de Moisés. O Senhor atacou Miriam com lepra, depois a curou, quando Aarão suplicou por ela. Ainda assim, a lei exigia que Miriam passasse sete dias fora do acampamento. Todos esperaram que ela voltasse, pois era tida em alta estima por ser irmã de Moisés, aquela que o vigiou conforme ele era levado pelo Nilo e tinha sido corajosa o suficiente para falar com a filha do faraó sobre a necessidade de uma ama de leite. A menina astuta levou a mãe deles para cuidar do bebê.

* * *

Calebe amava escutar as histórias de Efrate. Ela conhecia a história de seu povo de uma forma que ele nunca havia escutado. Ela era mais eloquente do que Zimri e os anciãos! Cada informação que ele conseguia reunir o ajudava a transpor as fronteiras de sua tribo adotada. Ele sorria quando seus filhos se aproximavam, escutando avidamente. Sua nova esposa tinha o dom da narrativa. Vendo-a com mais clareza, ele a estimava. Efrate era teimosa em sua fé assim como ele. Até mesmo Jeriote, prestes a dar à luz o segundo filho, respeitava Efrate.

– Moisés ficou à deriva entre crocodilos e serpentes. – Efrate movia as mãos de forma sinuosa enquanto contava a história de Moisés. – Nem mesmo os sábios íbis prestaram atenção. O libertador de Israel estava ao alcance das mãos deles, e eles não sabiam. E para onde o Senhor levou o bebê, se não diretamente para os braços da filha de Seu inimigo, o faraó? A irmã de Moisés, Miriam, saiu de seu esconderijo e disse que o bebê precisava de uma ama de leite e se ofereceu para ir buscar uma. Claro que ela aceitou, já que não tinha leite para oferecer. E foi aqui que Joquebede, a própria mãe de Moisés, recebeu seu filho de volta. – Efrate riu. – O Senhor ri de Seus inimigos, pois eles não têm poder nenhum contra Ele.

Calebe puxou Efrate para seus braços naquela noite e sussurrou em seu ouvido:

– Você vale o seu peso em ouro.

* * *

Zimri e os outros anciãos convocaram os chefes das famílias para uma reunião. Moisés pedira doze espiões para entrarem em Canaã, um de cada tribo. Judá precisava escolher seu representante.

Dúzias de homens se voluntariaram, Calebe entre eles. Embora ele tivesse medo de entrar em Canaã sem a proteção do Senhor acima de sua cabeça, ele sabia que, se fosse escolhido, ele e sua família teriam um lugar de honra dali em diante.

– Deixem que eu vá. Não tenho medo. Podem me mandar!

Todo mundo começou a falar ao mesmo tempo, e só quem estava próximo dele o escutou. Eles zombaram. Os anciãos estavam discutindo.

– Para fazer tal jornada, deve ser um homem jovem, sem mulher e filhos.

– Não tem garantias de que o homem voltará vivo.

– Tem gigantes naquela terra. Descendentes de Anaque.

Com isso, alguns homens mudaram de ideia sobre serem voluntários. As vozes ficaram mais altas.

– Que cada família ofereça um, e nós lançaremos a sorte para ver quem o Senhor escolherá.

Se isso acontecesse, Calebe sabia que não teria chance. Entrou no círculo.

– Eu irei. – Seus filhos teriam um lugar entre o povo de Deus mesmo se ele tivesse de sacrificar a sua vida para garantir isso.

Todos ficaram em silêncio. Vários olharam para Zimri. O ancião balançou a cabeça.

– Não.

Calebe encarou o ancião que havia salvado.

– Por que não? – Ele olhou em volta no círculo. – Não estou vendo ninguém com chance de ir.

– Você tem duas esposas e filhos.

– Sem mencionar a ralé que veio com ele! – comentou outro de trás.

Calebe estava fervendo de irritação, mas se forçou a abrir um sorriso amarelo.

– Por que não mandamos o cachorro, se ele está tão ansioso para ir farejar o que tem em Canaã?

Alguns riram do desafio de Calebe. Outros concordaram em voz alta.

– O que me dizem? Vão mandar Calebe?

Gritos de concordância soaram entre as gargalhadas. Calebe riu mais alto, determinado.

– Podem zombar de mim, mas me mandem. Se eu morrer em Canaã, o que terão perdido?

– Nada!

– Basta! – exclamou Zimri. – Escutem o que vou falar. – Os homens ficaram quietos. – Moisés convocou homens que sejam líderes. Líderes não zombam de seus irmãos. – Calebe sentiu o calor subir em seu rosto, então percebeu que a repreensão de Zimri era dirigida ao homem que tinha começado a zombaria, que baixou o olhar. Zimri olhou para os outros.

– Quem irá representar Judá nessa missão perigosa? Dê um passo à frente quem estiver disposto. Do contrário, fique em silêncio.

Encorajado com a defesa de Zimri, Calebe se colocou no centro do círculo.

– Deixem que eu vá.

– Você não está preparado.

– Eu não entrei na batalha ao lado de Josué contra os amalecitas?

– Você é meu amigo, Calebe, mas não é...

– Puro-sangue – outro homem completou o que Zimri era gentil demais para colocar em palavras.

O rosto de Calebe ficou vermelho e quente conforme olhava para os anciãos.

– Vocês não acabaram de me chamar de irmão?

– Nós temos uma aliança com você, mas alguém que nasceu na tribo de Judá que deve ir nos representando.

O fato de essas palavras virem de Zimri o magoou profundamente, pois o via como um aliado.

– E onde está esse alguém? – Calebe apontou para aqueles que estavam em silêncio.

Zimri franziu a testa.

– Você não é mais jovem, Calebe.

– Tenho quarenta anos, ou seja, tenho quarenta anos de experiência de vida. – Ele deu as costas para Zimri e andou pelo círculo, parando para olhar no rosto de cada homem por quem passava. – Você quer ir? Você? Vamos! Dê um passo à frente se você está disposto a enfrentar os anaques.

Ninguém sustentou seu olhar por muito tempo.

– O homem que for para Canaã não apenas estará de frente com o inimigo que devemos derrotar, dentro dos muros da cidade deles e com as armas deles, mas na própria terra. Judá não deve levar a melhor? Todos vocês aqui faziam tijolos e eram pastores. Eu era fazendeiro. Tirava meu sustento da terra. Para ter boas colheitas, precisamos de uma terra boa. Eu me ofereço como servo de vocês. "Deixem que eu vá."

Todo mundo começou a falar ao mesmo tempo.

– Vamos deixar que Deus decida – sugeriu alguém, e os outros concordaram.

Zimri e os anciãos pediram ordem de novo e convocaram um sorteio.

– Um homem de cada família deve ser indicado. Deixaremos que o Senhor decida.

E foi o fim da discussão. Triste e desesperado, Calebe gravou seu nome em um osso e o jogou na pilha que estava cada vez maior. O censo havia contado setenta e quatro mil e seiscentos homens de vinte anos ou mais na tribo de Judá. Haveria milhares de sorteios antes que a escolha fosse anunciada. A sorte foi lançada, e o processo de eliminação começou. Levaria o resto da noite, talvez mais.

Efrate tentou acalmá-lo, mas Calebe saiu sozinho, olhando para a coluna de fogo que girava no céu noturno. Estendeu as mãos, com as palmas para cima. Não tinha palavras para expressar seu desejo. "Tenho tanto medo quanto qualquer outro homem de ir para Canaã e encontrar os gigantes que vivem lá. Mas, meu maior medo é não ser considerado como o Vosso povo. Não permitais que me deixem de lado. Por favor, Senhor, não me rejeiteis. Purificai meu sangue. Fazei de mim um filho de Israel!"

Ele cobriu a cabeça.

– Sei que não sou totalmente hebreu. Sei que sangue de Esaú corre nas minhas veias. Mas mesmo assim, Senhor – Ele levantou a cabeça, lágrimas escorrendo pelo rosto –, o Senhor é meu Deus. Apenas o Senhor. Não há outro.

Ele sabia que muitos não gostavam dele, que o achavam orgulhoso e ambicioso, um espinho para eles. Alguns desejavam que voltasse para o Egito. Eles o viam como um cachorro sarnento que ficava rosnando na periferia do acampamento. E ele não se comportava como um, latindo o tempo todo pelo que queria? Um lugar entre o povo de Deus! Ele gemeu. Quem era ele para achar que era digno de representar a tribo de Judá? Certamente,

O GUERREIRO

o Senhor olhava para baixo e o via como o vira-lata que era. Ele encostou-se a uma pedra, deprimido demais para retornar para o acampamento.

O dia amanheceu, e a manhã passou. Já era meio-dia quando ele voltou para sua barraca.

Zimri estava lá na entrada, tomando uma bebida que Efrate acabara de servir. Calebe sentou-se ao lado dele.

– Sinto muito por tê-lo colocado em uma posição delicada, Zimri. Eu não tinha o direito de exigir ser escolhido para representar Judá. Não sou digno.

O ancião abriu a mão. O osso com o nome de Calebe estava na palma da mão dele.

Ele pegou o osso e o revirou na sua mão.

– Você o tirou da pilha.

– Tirei.

Calebe sentiu como se tivesse levado um chute no estômago. Demorou um instante até que conseguisse falar.

– Achei que o fato de ter sido contado no censo pelo menos me desse o direito de participar do sorteio.

– Você me entendeu mal, Calebe.

– É o que parece. – Calebe desviou o olhar para as outras barracas próximas à sua. Não queria que Zimri percebesse o quão profundamente estava magoado. Palavras de raiva vieram à sua mente, mas ele as segurou. Palavras cruéis criariam uma rixa entre eles, e Calebe tinha poucos amigos entre os filhos de Judá. – Quem venceu o sorteio?

– Você é o único homem que conheço que vê isso como uma vitória.

Calebe soltou uma gargalhada amarga.

– Quem Deus escolheu?

– Quem você acha? – O ancião o encarou. Após um momento, abriu um leve sorriso. – Parece que, entre todos os homens de Judá, Deus escolheu você para nos representar.

Calebe sentiu um calafrio subir e descer pelas costas e braços. Primeiro alegria, depois terror, tomou conta dele. Ele soltou o ar devagar.

Zimri riu.

– Nunca deixo de me surpreender, meu amigo. Esta é a primeira vez que o vejo sem palavras. – Ele se levantou. – Apresente-se a Moisés, e ele lhe dará mais instruções. O que quer que precise, Calebe, qualquer coisa, só precisa pedir. Os homens de Judá darão a você.

* * *

Quando Calebe viu Josué entre os outros espiões, abriu caminho entre os homens reunidos.

– Ah, meu jovem amigo. – Calebe sorriu. – Permita que um velho viaje com você. Entre nós, teremos a impetuosidade da juventude e a experiência da idade do nosso lado.

Josué riu.

– Estava me perguntando se Judá iria mandar você.

Eles apertaram as mãos.

– Deus me mandou.

– Josué, gostaria de conhecer o seu amigo.

Calebe reconheceria aquela voz mesmo no escuro. Com o coração acelerado, ele se virou e fez uma reverência para Moisés. Nunca havia chegado tão perto assim do profeta escolhido por Deus. Aarão, vestido como sumo sacerdote, estava atrás do irmão, perdoado e redimido por Deus.

– Não precisa me reverenciar. – Moisés colocou a mão no ombro de Calebe. – Sou apenas um homem.

Calebe se endireitou.

– Um homem, sim, mas o profeta ungido de Deus que fala a Palavra do Senhor. O senhor suplicou pela nossa vida quando merecíamos a morte. E Deus nos deu sua misericórdia. Que o Senhor lhe dê uma vida longa e nos ensine a obediência.

Josué apertou o ombro dele.

– Este é Calebe, da tribo de Judá.

O GUERREIRO

– Ah, sim. Eu o vi lutando ao lado de Josué contra os amalecitas.

Surpreso por ter sido notado, Calebe recebeu a bênção dele.

Moisés reuniu os homens.

– O Senhor me mandou enviar homens do povo para explorar a terra de Canaã, que Ele nos dará. Sigam para o norte atravessando Neguev, pela região montanhosa. Vejam como é a terra e descubram se o povo que vive lá é forte ou fraco, pequeno ou numeroso. Em que tipo de terra eles vivem? É boa ou ruim? As cidades têm muros ou são desprotegidas? Como é o solo? Fértil ou pobre? Tem muitas árvores? Entrem na terra com coragem e tragam amostras das colheitas que encontrarem.

Depois de orar por eles e abençoá-los, Moisés e Aarão os deixaram sozinhos para planejarem a partida.

Os homens concordaram em se encontrar ao amanhecer e partirem juntos.

Calebe, que tinha ideias próprias, voltou para sua barraca a fim de fazer os preparativos.

Quando ele chegou ao lugar marcado para o encontro, os outros olharam para ele e falaram com escárnio.

– Você parece um mercador egípcio.

Calebe sorriu.

– Bom. – Vestido com sua melhor roupa, ele segurava a corda que prendia três mulas carregadas com mercadorias doadas pelos homens de Judá, e outra com uma sela, mas ninguém montado. – Esta é a melhor forma de entrarmos nas cidades protegidas por muros e dar uma boa olhada nelas.

– *Entrar* nos muros das cidades? Você perdeu a cabeça?

– Podemos ver tudo que precisamos ficando do lado de fora.

Era cedo demais para argumentar.

– Façam do jeito de vocês, e nós fazemos do nosso.

Ele jogou as rédeas para Josué, então cutucou o flanco da sua montaria com uma vara e partiu. Quando estivessem longe de Cades e da multidão, e acampados na primeira noite no deserto de Parã, ele falaria com esses homens. Talvez escutassem. Os outros vieram atrás, resmungando. Josué seguiu ao seu lado, montado.

– Qual é a sua ideia?

Ele não parecia à vontade montado. Calebe desmontou da mula. Josué fez o mesmo, e caminharam juntos.

– Assim é como eu vejo as coisas, Josué. Precisamos descobrir tudo que pudermos sobre as defesas de Canaã, e não conseguiremos fazer isso apenas ficando em volta da cidade. Precisamos entrar e ver as armas de guerra que eles têm, se é que têm, se os muros são fortes, onde estão os pontos fracos.

– Como um fazendeiro sabe tanto sobre guerra?

– Não sei muito, meu amigo, mas aprendi a observar tudo à minha volta. Escutamos o vento e observamos o movimento das estrelas e a mudança das estações. Acho que pode haver mais de uma razão para cada ordem que o Senhor nos dá.

Josué balançou a cabeça.

– Continue.

– Nós sabemos que Deus luta do nosso lado. Ele destruiu o Egito com pragas e abriu o mar para nos dar uma forma segura de sair do Egito. Nós sabemos que Ele prometeu nos dar Canaã. Mas nós continuamos a testá-Lo. Parece parte da nossa natureza nos rebelarmos contra o Senhor. Quem sabe o que o amanhã trará, Josué? Mas pode haver mais de uma razão para Deus nos ter enviado para ver a terra e o povo. – Calebe abriu um sorriso amarelo. – Se fracassarmos de novo, o que Deus nos mandará fazer?

– Ou o que Deus fará com eles?

– Nós não vamos fracassar.

– Eu tenho fé em Deus, meu amigo, mas pouca fé nos homens.

Eles acamparam no desolado limite sul do deserto de Sim. Quando chegaram ao terreno seco e montanhoso de Neguev, Calebe achou que seria inteligente se separarem em grupos menores.

– Ficamos mais seguros juntos.

– Dois homens conseguem se movimentar mais rápido do que doze, e seis grupos irão ver mais de Canaã do que um.

– Precisamos considerar isso. – O rosto de Josué brilhava na luz da fogueira. – E outra coisa: se formos todos juntos, chamaremos atenção para nós, e o povo de Canaã pode nos ver como uma ameaça. Se viajarmos em pares, podemos nos misturar. Prestar atenção em tudo que virmos. Podemos nos juntar a outros grupos de viajantes e escutar o que dizem. Depois, nos encontramos aqui e voltamos juntos.

Calebe teve outra ideia.

– Aonde vocês forem, falem do que aconteceu no Egito. Espalhem a notícia de que o Senhor Deus de Israel superou os deuses do Egito e libertou os hebreus da escravidão.

Os outros protestaram.

– Os líderes poderão nos questionar se fizermos isso.

– Quanto menos falarmos do que Deus fez no Egito, mais seguros estaremos.

Até Josué ficou na dúvida sobre a sugestão de Calebe, que tentou convencê-los.

– Deus convocou os líderes das tribos de Israel. Homens de coragem! Todos vocês são mais jovens do que eu, mas cadê o fogo da juventude? Não escutaram o que Moisés disse? O Senhor já nos deu a terra. Canaã já é nossa. Nós fomos enviados apenas para ver e reportar ao povo o grande presente que Deus nos deu.

– Você realmente acha que apenas entraremos em Canaã e os habitantes vão fugir de nós?

– Se eles conhecerem o Deus que está conosco, sim! Com o Senhor ao nosso lado, quem ousará se colocar contra nós? Deixem que o povo de Canaã saiba o que aconteceu com o Egito, para que temam o que o Senhor pode fazer com eles. Aí, eles vão correr de nós quando Moisés nos conduzir para Canaã.

Safate, da tribo de Simeão, disse:

— Plano ousado, Calebe.

Samua, da tribo de Rúben, balançou a cabeça.

— Um pouco ousado demais na minha opinião.

— Não devemos ser ousados? Olhem para o Senhor que...

— Preste atenção nas coisas! — exclamou Palti, da tribo de Benjamin. — Isso é que Moisés disse. Ele só disse isso.

Eles o ignoraram.

Nabi, da tribo de Naftali, soltou uma gargalhada sarcástica.

— Eu *só* pretendo fazer isso.

— De que vai adiantar se nos matarem? — questionou Amiel, da tribo de Dã.

Através da fogueira, Josué fitou Calebe, que o encarou. "Por que você não diz nada? Você, que ficou ao lado de Moisés. Você, que viu mais de perto do que qualquer um de nós o poder do Senhor."

Os outros conversavam em volta deles.

— Ninguém precisará morrer se ficarmos fora das cidades e longe das estradas.

— Isso, fiquem quietos e escutem — disse Calebe, enojado. — Sejam como camaleões na areia.

Os olhos de Safate brilharam com raiva.

— Você não é nosso líder, Calebe. Cada um de nós fará o que considerar melhor.

Jigeal, da tribo de Issacar, Gadi da tribo de Manassés, e Setur, da tribo de Aser, concordaram.

— Não precisam falar muita coisa para plantar o medo na mente dos homens.

Calebe olhou para o grupo, com o maxilar contraído.

— Não fomos enviados para sermos imprudentes. Você vai acabar matando a si mesmo e a todos que viajam com você!

Calebe encarou Josué. Depois levantou o olhar para os céus.

— Esses são os líderes de Israel? — Ele se levantou de forma abrupta, incapaz de aguentar mais, e saiu caminhando pela noite. Queria gritar para colocar para fora sua frustração por causa da timidez deles, mas, em vez disso, sentou-se sozinho, pensando em Deus. Sentia falta da nuvem de proteção, da Palavra de Deus passada a eles por Moisés. Mesmo agora que foi escolhido por Deus para estar entre esses homens, Calebe se sentia um estrangeiro. Será que não tinha nada em comum com eles? Os escolhidos de Deus!

Covardes, todos eles.

Não compreendia a reticência de Josué. O jovem tinha lutado com valentia contra os amalecitas. Não era covarde. Então, por que ficou em silêncio, observando e escutando, sem expressar sua opinião?

"Estou errado, Senhor? Devemos nos rastejar, olhar por trás das pedras e das árvores? Devemos andar nas pontas dos pés na terra? Devo voltar para a fogueira e aceitar os planos deles? Não posso fazer isso. Não posso! Se eu me sentar ao lado deles e escutar seus conselhos, estarei cedendo ao medo. Estarei sendo covarde diante do povo de Canaã, assim como fiz com os egípcios. Dessa forma, quem vai mandar na minha vida senão o próprio medo? Senhor, só Vós deveis ser temido. Nossa vida está em Vossas mãos."

Josué se juntou a ele.

– Sairemos assim que amanhecer. – Ele levantou o olhar, para ver o céu noturno. – Eles vão se separar em três grupos.

– Três grupos e um sozinho.

– Eu e você viajaremos juntos.

– Você decidiu tudo isso sozinho, Josué? – Calebe riu friamente enquanto ele se levantava e o encarava. – Ou os outros decidiram por você? Fizeram sorteios em volta da fogueira?

– Eu precisava escutar todo o plano para depois me colocar diante do Senhor para buscar a orientação Dele.

Com a raiva apaziguada pelas palavras de Josué, Calebe esfregou a nuca.

– Perdoe-me, irmão. – Ele soltou uma gargalhada autodepreciativa. – Não é de se admirar que Deus o tenha escolhido para ficar ao lado de Moisés.

– Tenho muito a aprender, Calebe, mas o Senhor disse "não tenhas medo".

Calebe virou o mais jovem na direção da luz.

– Então, nós não teremos medo! Afastaremos todo o medo que temos dos homens e temeremos só ao Senhor que tem as nossas vidas em Suas poderosas mãos.

As montanhas escarpadas e os barrancos de Neguev dificultavam a viagem. Dois dos grupos decidiram que iriam para as encostas a oeste, viajando pelas florestas abaixo do cume. Calebe ficou aliviado por eles finalmente estarem dispostos a se aventurar.

Calebe e Josué se dirigiram bem para o norte até encontrarem cidades de pedra construídas nos topos das montanhas. Passaram a noite do lado de fora dos muros de Kirjath Sepher, pagaram tarifas para que pudessem fazer comércio e, no dia seguinte, foram vender mercadorias no mercado.

Calebe lutou contra o próprio medo ao observar os homens hititas.

Eles eram uma cabeça mais altos do que ele e tinham músculos muito mais fortes. Armados e vestidos com elegância usando seus capacetes em forma de cone, cabelos trançados e barbas aparadas, e suas roupas feitas com tecidos finos e coloridos e pés cobertos com couro, eles exalavam poder e confiança ao andar. As mulheres também eram atraentes e ousadas.

– Vocês não falam como a gente. – Uma mulher o olhou de cima a baixo. – De onde vocês são?

Ele notou que ela tinha interesse em um bracelete de ouro e lápis-lazúli, e o pegou.

– Somos do Egito. Um país arruinado. – Ele levantou o bracelete e deu seu preço: grãos e azeite de oliva.

Outros começaram a se reunir em volta das joias, querendo barganhar.

– Vocês aceitam abóboras? E amêndoas?

Calebe negociou uma quantidade de cada.

A primeira mulher voltou logo com seus grãos. Os olhos dela brilharam ao colocar o bracelete.

O GUERREIRO

– Consegui o melhor negócio. – Ela riu. – Temos muitos grãos e azeite, mas nada como isso. – Ela passou os dedos pelo ouro e pelo lápis-lazúli. – O que você quis dizer quando falou que o Egito está arruinado?

– As pragas.

– Que pragas?

Outra pessoa escutou a palavra terrível.

– O Deus dos hebreus entrou em guerra contra os deuses do faraó. O Nilo virou sangue. Sapos e moscas invadiram o país. Depois, gafanhotos comeram as lavouras. E, fogo queimou o que restou. Pestes mataram o gado, as ovelhas, os bodes, os camelos. E mesmo quando começamos a passar fome, um surto de úlceras atingiu todo mundo, até na casa do faraó, mas o pior ainda estava por vir. Você já teve uma úlcera?

– Não.

– Tanta dor e sofrimento que você nem pode imaginar. E as cicatrizes. Horríveis.

– Cicatrizes? – A mulher arregalou os olhos, alarmada. – E você disse que isso não foi o pior. O que poderia ser pior do que ter a beleza destruída?

– Diga. – Outra pessoa se aproximou. – O que você quis dizer com pior?

– Como pode ter sido pior do que tudo que você descreveu?

– O Senhor Deus de Israel matou todos os primogênitos, desde o filho do faraó até o filho do mais pobre dos servos, e mesmo entre os animais.

– Escutem o que esse homem diz – uma mulher chamou os outros para escutarem.

Uma multidão de homens e mulheres se formou

– Como vocês sobreviveram?

– Escapamos da morte por pouco. – Calebe percebeu a arma que o homem carregava. – Posso dar uma olhada nessa espada?

– Por quê? Vocês têm espadas no Egito.

– Nunca vi uma tão grande.

Orgulhoso, o homem puxou-a, zombando de Calebe por um momento antes de oferecer para que ele olhasse melhor. Calebe pegou-a com cuidado.

– Que honra. – Ele bajulou o dono enquanto analisava a forma da lâmina, testava o peso e o equilíbrio, enquanto o homem ria entre seus amigos.

Calebe entregou a espada para Josué, que a analisou bem e a devolveu para o hitita.

– Talvez seja um bom momento para expandirmos nossos territórios – disse o homem, ao embainhar a sua espada. – Contaremos ao nosso rei sobre como o Egito está enfraquecido.

Calebe e Josué se revezaram andando pela cidade, e então embalaram o que restava de seus bens e partiram.

– Eles têm mais deuses do que o Egito.

– Mais ordinários. – Calebe não conseguia esconder seu nojo. – Aqui estou eu, um estrangeiro na cidade, e uma das mulheres me convidou para agradar Astarte me deitando com ela.

– Pelo menos, não foi Anate pedindo o seu sangue. Esse povo se ajoelha diante de deuses que consomem crianças em fogueiras e convida homens e mulheres para fornicarem em seus altares. Você percebeu como algumas mulheres se mostraram pouco surpresas quando você contou sobre a décima praga e a morte dos primogênitos? Alguns em Canaã jogam seus primogênitos na fogueira para satisfazer Moloc.

Eles seguiram viagem para Kiryat Arba, uma cidade habitada pelos filhos de enaquins, descendente de gigantes. A terra era boa; a cidade cercada por muros e fortes. Havia altares em todos os cantos; o maior ficava no meio da cidade. Calebe viu uma multidão se formar para ver um homem e uma mulher se contorcerem diante de um altar, clamando para Baal despertar e levar fertilidade para a terra deles. A luxúria se espalhava como fogo entre eles. Quanto mais Calebe via desse povo, mais ele os desprezava por devassidão e maldade. Não havia limites para a forma grotesca como eles adoravam seus deuses, até mesmo queimando os próprios filhos.

Ele e Josué viajaram para a cidade dos jebuseus no alto das montanhas, depois para Ai e Shechem, até chegarem a Rehob, no extremo norte. Dirigindo-se novamente para o sul, eles desceram as montanhas e viajaram por uma grande fenda e pelo rio Jordão. Jericó se abriu à frente deles.

O GUERREIRO

Eles continuaram pela rota comercial e seguiram para as montanhas de novo, encontrando os outros no lugar marcado perto de Kiryath Arba. Todos concordaram que a terra era tudo que Deus havia prometido, uma terra de leite com gados e rebanhos, com mel e árvores frutíferas, campos de trigo, olivais e vinhedos. Todos sentiram o gosto da terra.

Quando atravessavam um vale, Calebe e Josué cortaram um único cacho de uvas tão grande que precisaram carregar pendurado em uma viga entre eles.

– Vão pegar aquelas romãs – disse Josué para os outros.

– E figos! – Calebe exclamou e riu. – O povo nunca vai acreditar na abundância, até que vejam com os próprios olhos. Mas nem mesmo o que levarmos vai ser capaz de mostrar a eles as riquezas da terra que Deus nos prometeu.

Quarenta dias tinham se passado, e Calebe mal podia esperar para voltar para Kadesh. Quanto antes o povo escutasse e visse as provas de que tudo que Deus dissera era verdade, mais rápido voltariam. Deus os ajudaria a expulsar os habitantes maus de lá para que as doze tribos pudessem reivindicar a terra que os ancestrais de Jacó e de Calebe tinham deixado quatrocentos anos atrás.

Em nenhum momento ocorreu a Calebe que o povo talvez não escutasse.

* * *

– Os espiões estão voltando! – O povo os saudou. – Eles estão aqui!

Homens, mulheres e crianças correram até eles, juntando-se e caminhando com eles enquanto entravam no acampamento. Exclamavam para os cachos de uva:

– Vocês já viram algo assim na vida de vocês?

– Isso é só uma pequena amostra do que Deus está nos dando – contava Calebe, vangloriando-se do Senhor. – Florestas, campos de trigo, pomares, rebanhos de ovelhas e gado.

– E o povo? Como é o povo?

– Altos – respondeu Palti.

– Fortes. Guerreiros, todos eles – relatou Amiel, enquanto caminhava.

Irritado, Calebe falou mais alto:

– Eles não são ameaça para o Senhor nosso Deus!

Moisés e Aarão e os setenta anciãos estavam esperando por eles na frente do Tabernáculo. Josué e Calebe levantaram a viga quando se aproximaram, de forma que o enorme cacho de uvas ficasse suspenso entre eles. Calebe riu ao ver a expressão de todos e soltou gargalhadas de alegria. Milhares se aproximaram, empurrando, conversando entre eles animados, espiando os homens e as amostras de frutas da terra.

Moisés levantou as mãos pedindo silêncio:

– Contem-nos o que descobriram.

Safate falou logo e foi seguido por Jigeal, Palti e Amiel.

– Nós fomos até a terra que nos mandaram ver, e é realmente um país magnífico: uma terra em que flui leite e mel. Aqui estão alguns frutos como prova. Mas o povo que vive lá é poderoso, e suas cidades são muito grandes e protegidas por fortes. Vimos os descendentes de Anaque que vivem lá!

– Gigantes! – A multidão ficou toda alarmada.

– Os amalecitas vivem em Neguev.

– E os hititas, jebuseus e amoritas vivem nas montanhas.

– O povo de Canaã vive na costa do mar Mediterrâneo e no vale do Jordão.

O povo ficou inquieto, o medo se espalhando pela multidão.

– Gigantes... com cidades cercadas... Anaque...

Calebe deu um passo à frente e levantou as mãos.

– Silêncio. Escutem todos vocês. – Ele não gritou. Sabia que precisava controlar seu gênio e falar como um pai falaria com um filho assustado. – Nós não fomos enviados para descobrir *se* podíamos tomar a terra. O Senhor já nos deu a terra. Só precisamos obedecer a Ele. Lembrem-se do que o Senhor fez no Egito. Vamos de uma vez tomar a terra. Certamente, podemos conquistá-la!

Os outros espiões também falaram, acabando com o apelo dele.

– Não podemos enfrentá-los!

– São mais fortes do que nós!

– Escutem o que estamos falando!

– O que sabemos sobre guerra?

– Somos apenas escravos!

– Eles são guerreiros experientes!

Calebe gritou para eles.

– Nós podemos tomar a terra! Não tenham medo daqueles povos.

– Não deem ouvido a esse homem. Ele nem sequer é hebreu! – homens gritaram.

– Ele representa Judá! Calebe representa Judá!

Encorajado, Calebe gritou mais alto:

– É uma terra linda. Campos e montanhas verdes, cidades já construídas e prontas para nós!

– A terra que exploramos vai engolir qualquer um que vá morar lá!

– Só vimos pessoas enormes lá!

– Até vimos gigantes, os descendentes de Anaque!

– Nós nos sentimos como gafanhotos perto deles, e era assim que eles nos viam!

– A terra é nossa! – exclamou Calebe. – O Senhor já deu para nós!

Moisés pediu ordem. Ele parecia velho e cansado ao pedir que o povo voltasse para suas barracas, para que os anciões pudessem se reunir para discutir entre eles. Ele e Aarão se viraram, abatidos, e os anciãos os seguiram. O povo gritou decepcionado e se afastou, chorando.

Furioso, Calebe agarrou Josué pelo braço.

– Por que você não falou nada? Por que permaneceu em silêncio?

– Havia dois milhões de pessoas, e dez gritando para serem escutados. Eles nunca me escutariam.

– Você sabe tão bem quanto eu que a terra é nossa. Deus disse que daria para nós. Onde está a sua fé, Josué? Onde está a coragem que eu vi na batalha contra os amalecitas? Onde está a confiança que eu vi em Canaã? Aqueles outros são covardes. Não podemos deixar que eles façam o povo vacilar. Você tem um posto alto. O povo vai escutá-lo! Vai falar ou não? Decida, Josué! Você vai liderar a congregação ou seguir?

– Eu não sou o líder, Calebe. Moisés é.

– Por enquanto, sim. E, como seu ajudante, você pode falar por ele. Mas você vai ter a coragem para isso? Por que acha que Deus o colocou ao lado de Moisés? Pense, homem. Quando Moisés for encontrar seus ancestrais, quem vai ficar no lugar dele? Os filhos dele meio-medianitas? Coré, que prefere nos levar de volta para o Egito? Deus está preparando *você* para liderar. Como eu consigo ver, e você, não? Por Deus e pelo bem do povo, *fique de pé e se faça ouvir!*

Calebe afastou-se do mais jovem e foi andando pelo acampamento até a sua barraca.

Quando se abaixou e entrou, encontrou a família inteira sentada em um círculo. Podia sentir a tensão deles, ver a dúvida deles. Apenas os olhos de Efrate brilhavam com algo além de medo.

– Conte a eles o que você viu, meu marido. Conte a eles sobre a Terra Prometida.

E assim ele fez, aliviado ao ver o medo deles se transformar em esperança e, depois, em animação. Calebe fez com que se lembrassem do que Deus havia feito no Egito para libertá-los da escravidão.

– Ele é um Deus todo-poderoso. Nada é difícil para Ele. Mas precisamos confiar Nele. Precisamos estar prontos para que, quando Ele nos disser para irmos para Canaã, *nós possamos ir!*

Encorajado por Efrate, eles o escutaram falar sobre a beleza de Canaã durante a maior parte da noite.

Mas, do lado de fora da sua barraca, além dos membros da família dele, entre as milhares e milhares de pessoas, a semente do medo já tinha criado raiz e estava espalhando seus galhos malévolos por todo o acampamento, sufocando as expectativas, acabando com a alegria e trazendo uma onda de ira assassina.

* * *

Quando Calebe finalmente se deitou para descansar, teve um sono irregular. Escutava as pessoas chorando a distância. Acordou uma vez com gritos na escuridão. O que o povo esperava? Que o Senhor varresse todo mundo de Canaã *antes* que eles chegassem à fronteira, para que pudessem entrar em uma terra desocupada? Ele se levantou antes de o sol nascer, banhou-se e vestiu-se com suas melhores roupas.

Efrate escutou-o andando pela barraca e levantou.

Ela acordou os outros.

– Rápido, precisamos ir com seu pai. Venha, Jeriote. Precisamos ficar atrás de nosso marido.

Calebe abriu a cortina.

– Fiquem aqui.

As duas mulheres estavam grávidas, e ele não queria que nenhum mal acontecesse a nenhuma delas nem aos bebês que carregavam. – O povo está furioso. Não sei o que vai acontecer. É melhor que vocês duas fiquem aqui para não serem surpreendidas no meio de uma rebelião.

– O que você quer que a gente faça?

– Orem ao Senhor nosso Deus para que o povo escute e obedeça ao Senhor.

Milhares estavam vindo de todas as áreas do acampamento, marchando e gritando. Calebe correu na frente e abriu caminho no meio daqueles que já estavam reunidos diante do Tabernáculo. Ele foi empurrando para atravessar a multidão e chegou à frente, correndo para ficar ao lado de Josué.

– Precisamos impedir que eles se rebelem!

– O que o senhor fez conosco, Moisés?

– Preferia ter morrido no Egito!

– Ou mesmo aqui no deserto!

– Por que o Senhor está nos levando para um país em que vamos morrer na batalha?

– Nossas esposas e filhos serão feitos de escravos!

– Deveríamos voltar!

Os anciãos das tribos vieram até a frente, os outros dez espiões entre eles. Com o rosto enfurecido, os homens gritavam:

– Vamos escolher um líder e voltar para o Egito!

Chorando de medo, Moisés e Aarão caíram no chão diante do povo. Calebe compreendeu, pois sentiu a mudança no ar à sua volta. Não era apenas medo do que o povo faria que os deixou prostrados. O povo era tão tolo que não sabia que o Senhor os escutava clamando para voltar para a terra de onde Ele os libertara? Para voltar para a escravidão? Para voltar para os falsos deuses e ídolos?

Calebe soltou um grito e rasgou sua roupa. Enquanto Moisés e Aarão cobriam a cabeça com medo do que o Senhor faria, Calebe se meteu no meio da confusão, gritando com toda a sua força:

– Escutem todos! Escutem! A terra que exploramos é maravilhosa!

Josué gritava junto com ele:

– Se o Senhor ficar satisfeito conosco, vai nos levar em segurança até aquela terra e dá-la a nós!

Calebe caminhou com passos pesados até os anciãos e os espiões.

– Não se rebelem contra o Senhor e não tenham medo do povo que ocupa a terra.

– Eles são apenas presas indefesas para nós! – exclamou Josué. – Eles não têm proteção, e o Senhor está conosco!

– *O Senhor está conosco!*

– Não tenham medo deles!

Coré deu um passo à frente.

– Não escutem o que esse *Calebe* diz! Ele e o lacaio de Moisés querem levar vocês para uma terra cheia de inimigos que podem massacrar seus filhos.

O GUERREIRO

– Vocês querem ser massacrados?

– Não!

– *Vamos apedrejá-los!*

Calebe viu o ódio no rosto do povo, a fúria ultrapassando a razão enquanto eles procuravam no chão pedras de todos os tamanhos.

"Foi a isso que a minha fé me conduziu, Senhor? À morte? Então, que seja."

Gritos encheram o ar, e o povo se espalhou, pois a nuvem se moveu, mudando de cor ao subir, crescer, comprimir-se, descer e se colocar entre o povo e Calebe e Josué. Calebe se jogou no chão, cobrindo a cabeça, aterrorizado. Josué deitou ao lado dele, clamando para que Deus não matasse todo mundo.

Moisés também clamou:

– *Oh, Senhor, não!* – Ele estava de pé, com as mãos levantadas, implorando. – O que os egípcios vão pensar quando souberem disso?

"Disso o quê?" O coração de Calebe martelava no peito. Sentia a presença do Senhor, a ira crescente, o frio da morte se aproximando. Ele tremia violentamente e encheu a mão de terra.

– Os egípcios conhecem muito bem o poder que o Senhor demonstrou ao salvar esse povo do Egito!

Moisés implorou para o Senhor.

– Eles vão contar para os habitantes dessa terra, que têm plena consciência de que o Senhor está com seu povo. Eles sabem que Vós apareceis para Vosso povo na forma da nuvem que paira sobre nós. Eles sabem que Vós ficais na forma de nuvem durante o dia e de uma coluna de fogo à noite.

Calebe nunca tinha escutado Moisés falar tão rápido. Sentiu o julgamento chegando. "Oh, Senhor, tende misericórdia de nós. Fale mais rápido, Moisés. Clame por nós. Deus escuta a sua voz. Sem você, o Senhor nos matará. Meus filhos! Minhas esposas!"

– Agora se Vós massacrardes todo esse povo...

As pessoas gritavam e se espalhavam.

– ... se Vós massacrardes todo esse povo, as nações que escutaram sobre a Vossa fama dirão: "O Senhor não foi capaz de levá-los até a terra que Ele prometeu, então Ele os matou no deserto".

O choro ficou mais alto. Milhares de vozes gritavam aterrorizadas.

– Moisés, salve-nos!

Calebe queria levantar e gritar para o povo: "clamem ao Senhor, pois é Ele quem salva!" Eles ainda eram tão tolos que não conseguiam escutar Moisés implorando? "Peçam perdão ao Senhor!"

– *Por favor*, Senhor, provai que Vosso poder é tão grande quanto afirmais ser. – Moisés levantou as mãos bem no alto. – Como o Senhor mesmo disse: "O Senhor demora a se enfurecer e transborda amor, perdoando todo tipo de pecado e rebelião. Mesmo assim Ele não deixa o pecado sem castigo, mas pune os filhos pelos pecados dos seus pais, até a terceira e quarta gerações", por favor, perdoai os pecados desse povo, pois Vós sois magnífico, vosso amor é infalível, assim como Vós os perdoastes desde que deixaram o Egito.

Moisés se ajoelhou, colocando a cabeça no chão, diante do Senhor, e houve silêncio, um silêncio tão intenso que soou nos ouvidos de Calebe.

E, então, ele achou que escutou uma Voz tranquila sussurrar seu nome como um sopro de ar quente e cheio de vida. Ele se esforçou para escutar essa voz, ouvindo atentamente, desejando ouvir de novo, tão suave e amorosa, mas com o poder do Deus Todo-Poderoso por trás dela. Mas não era para ele escutar mais. Ainda não. Agora não.

Estendendo os braços no solo, o rosto na terra, Calebe orou. "Senhor, Senhor, se Vós me matardes agora porque não consegui convencer esse povo do que eu vi, vou morrer feliz, porque será pelas Vossas mãos que minha vida chegará ao fim."

A gloriosa presença do Senhor subiu. Moisés soluçou, aliviado.

Calebe levantou a cabeça enquanto o homem idoso se levantava devagar, tremendo, lágrimas escorrendo pela barba branca. Mas, quando Moisés olhou para o povo, seus olhos brilharam.

Calebe, então, sentiu medo, um medo que cresceu dentro dele e fez seu estômago revirar, sua pele suar, sua boca ficar seca.

– Escutem todos vocês, e escutem a Palavra do Senhor! – O poder do Senhor estava por trás da voz de Moisés e soava como uma tempestade.

Rapidamente, Calebe foi para o lado de Josué de novo. Os outros dez espiões não se juntaram a eles, mas continuaram entre os anciãos de suas tribos. Poderia muito bem haver um abismo entre eles. De um lado, estavam seiscentos mil homens que tinham escolhido temer o inimigo em vez de seguir o Amigo de confiança deles. Tinham escolhido ficar contra Aquele que os salvara e dera comida a eles desde que foram libertados da escravidão. Do outro lado, estavam Calebe e Josué, duas vozes fortes da razão que não foram ouvidas.

O povo se aproximou, a rebelião ainda cintilando em seus olhos. Os anciãos de cada tribo foram para a frente com seu espião. Calebe olhou para eles e se perguntou como eles podiam achar que a ameaça tinha passado, que o Senhor faria o que Moisés pedisse.

"Nós não merecemos nada, Senhor. Depois de tudo que Vós fizestes por nós, e isso é o que o povo decide."

– Escutem a Palavra do Senhor! – A voz de Moisés soou como fogo.

– "Eu os perdoei como você pediu. Mas juro pela glória do Senhor que nenhum desses jamais entrará naquela terra."

A Terra Prometida estava perdida para eles. Enquanto muitos choravam aliviados, Calebe chorou de tristeza e caiu de joelhos com o rosto no solo de novo, jogando terra em sua cabeça. Imaginando os dez espiões, ele socou a terra com os punhos e chorou amargurado.

A voz de Moisés soou, furiosa e carregada de tristeza.

– "Eles viram a Minha gloriosa presença e os milagres que fiz tanto no Egito quanto no deserto, mas continuaram Me testando repetidas vezes ao se recusarem a escutar. Eles nunca verão a terra que prometi dar aos seus ancestrais. Nenhum daqueles que Me tratou com desprezo entrará nela."

Moisés fez uma pausa e então falou com ternura:

– "Mas meu servo Calebe..."

Meu servo Calebe... A Voz de novo, chamando-o com tanta ternura. **Calebe, meu servo...**

Calebe olhou para os céus. Moisés falava, mas era a voz do Senhor que Calebe escutava.

– "Calebe é diferente dos outros. Ele se manteve fiel a Mim, e eu o levarei à terra que ele explorou. Os descendentes dele receberão seu quinhão inteiro daquela terra."

Calebe abaixou a cabeça na terra. "Senhor, eu não sou digno, sou apenas um pobre cão. E Josué?"

– "Agora, *deem meia-volta*" – ordenou Moisés com a voz do Espírito – "e não sigam para a terra onde os amalecitas e o povo de Canaã vivem. Amanhã, vocês devem partir para o deserto na direção do mar Vermelho."

O povo começou a chorar, mas se manteve firme.

– Não. Nós queremos a nossa terra.

Calebe cobriu a cabeça. Nunca tinha sido a terra *deles*. E sim a terra do Senhor. E teria sido o Senhor que os colocaria lá da mesma forma que colocara Adão e Eva no Jardim do Éden. "Por que os homens sempre se recusam a escutar e agir de acordo com o que o Senhor diz? Senhor, dai-me o coração para escutar e a coragem para obedecer."

– Eis o que o Senhor diz: "Por quanto tempo essa nação maldita irá reclamar de Mim? Eu escuto tudo que os israelitas dizem. Todos vocês morrerão no deserto! Porque reclamaram contra Mim, nenhum de vocês que têm mais de vinte anos e foram contados no censo entrará na terra que prometi. As únicas exceções serão Calebe e Josué.

"'Vocês disseram que seus filhos seriam feitos de escravos. Bem, eu vou levá-*los* em segurança para a terra, e eles desfrutarão do que vocês desdenharam. Quanto a vocês, seus cadáveres cairão no deserto. E seus filhos serão como pastores, vagando pelo deserto por quarenta anos. Dessa forma, eles vão pagar pela falta de fé de vocês, até que o último caia morto no deserto.'"

O povo se afastou de Moisés conforme ele avançava, com as mãos abertas, a voz atingindo toda a multidão.

– "Como os homens que exploraram a terra passaram lá quarenta dias, vocês ficarão vagando pelo deserto por quarenta anos, um ano para cada dia, sofrendo as consequências dos seus pecados. Vocês descobrirão o que é ter a Mim como inimigo."

Engasgando violentamente, Palti caiu no chão com convulsões. O povo começou a gritar e se afastou enquanto Palti mordia a própria língua. O povo correu de Safate, que caiu onde estava entre os anciãos. Jigeal e Gadiel foram arremessados. Amiel correu, com Gadi logo atrás, mas ambos caíram como se atingidos por flechas invisíveis. Setur e Nabi, Geuel e Samua morreram da mesma forma que Palti.

Dos doze que exploraram a terra, apenas Calebe e Josué não foram tocados pelo julgamento divino, pois não tinham espalhado mentiras sobre a terra e seu povo.

Calebe tremia enquanto via a rápida vingança do Senhor. O povo se espalhou, mas a mão julgadora de Deus ainda estava sobre eles, e muitos outros morreram naquela noite.

De manhã, centenas partiram com suas armas para tomar Canaã.

– Vamos – chamaram eles. – Sabemos que pecamos, mas agora estamos prontos para entrar na terra que o Senhor nos prometeu.

– O que vocês estão fazendo? – Moisés correu atrás deles. – Deus nos disse para voltar para o mar Vermelho!

– Nós não vamos voltar para o Sinai. O Senhor disse que Ele nos daria a terra, e nós vamos tomá-la.

Mas Moisés disse:

– Por que estão desobedecendo às ordens do Senhor de voltar para o deserto? Não vai dar certo. Não vão para a terra agora. Serão massacrados pelos seus inimigos, porque o Senhor não está com vocês. Quando enfrentarem os amalecitas e o povo de Canaã em uma batalha, serão massacrados. O Senhor os abandonará, porque vocês abandonaram o Senhor!

– Quem o senhor pensa que é para nos mandar ficar aqui? Estamos cansados de nos dizer o que fazer e o que não fazer. Nós *iremos* tomar a terra. Deus *irá* nos ajudar.

Calebe estava no limite do acampamento, observando vários de seus amigos se dirigirem para o norte, para Canaã. Tinham passado a noite inquietos e discutindo, e finalmente se convenceram de que poderiam fazer isso. Achavam que o sonho deles tinha poder, poder para estender a mão e pegar o que queriam para eles. Escutara seu irmão dizendo:

– Se acreditarmos que podemos fazer, acontecerá.

Eles supunham que Deus cederia aos desejos deles e abençoaria o esforço *deles*. A fé em Deus teria dado a eles tudo que tinham sonhado, mas a fé em si mesmos os levaria à morte.

Calebe gritou para eles:

– Quando vão aprender a obedecer ao Senhor?

Um de seus irmãos respondeu, também gritando:

– Venha conosco, Calebe. Quando você vai entender que não é o Senhor quem fala, e sim Moisés? E quem é ele para nos dizer o que fazer?

Desamparado e furioso, Calebe se manteve firme.

– Tolos! Todos vocês! – Com olhos cheios de ira, Calebe caiu de joelhos e abaixou a cabeça. Alguém agarrou seus ombros.

Josué observava os rebeldes.

– Quando eles morrerem, os outros prestarão atenção à Palavra do Senhor.

Calebe soltou uma gargalhada de desespero.

– Você realmente acredita nisso? Filho de peixe, peixinho é. Os filhos deles serão como eles.

– Sua voz está cheia de ódio.

– Eu odeio quem odeia Moisés. Odiar o profeta de Deus é odiar ao próprio Deus. Eu os odeio com uma paixão quase tão forte quanto meu amor por Deus!

– Irmão...

– Isso parte meu coração! – gritou Calebe, cheio de ira. – Estávamos tão perto. Tão perto! E a falta de fé deles destruiu nossos sonhos. Agora, eu e você teremos que esperar quarenta anos para entrar na terra que Deus nos deu. Quarenta anos, Josué! Meus filhos e netos sofrerão no deserto por causa deles. Nossas esposas morrerão sem ao menos verem o que eu e você vimos. – Ele agarrou a roupa de Josué. – E eu vejo isso em seus olhos também, meu amigo.

– Isso está triturando a minha alma. O que podemos fazer?

Calebe segurou a túnica de Josué na altura do coração.

– Voltar. – Ele fechou os olhos e falou baixinho, desesperado. – Voltar para o último lugar em que nos alegramos com Deus nosso Salvador. Voltar para o mar Vermelho e recomeçar.

"E que Deus nos preserve, para mantermos a fé desta vez."

TRÊS

A congregação nem tinha viajado um dia na direção do mar Vermelho quando começou outra rebelião, dessa vez liderada por Coré, o levita que culpava Moisés pela morte daqueles que tinham ido para a Terra Prometida. Ele desdenhava de Aarão como sumo sacerdote e instigou os outros a pensarem como ele. Duzentos e cinquenta levitas se juntaram a Coré, determinados a presidir o culto. Moisés ordenou que ficassem nas entradas de suas barracas com incensos acesos na manhã seguinte e que o Senhor decidiria.

Atingidos pelo fogo do Sagrado dos Sagrados, Coré e seus rebeldes morreram de forma horrorosa. A terra se abriu com um estrondo e os engoliu, junto com suas famílias. Enquanto eram sugados para dentro das mandíbulas escancaradas de Sheol, eles gritavam, e as bordas irregulares do precipício se fechavam sobre eles como dentes de um leão.

Ainda assim, não foi o suficiente para acabar com a teimosia dos corações endurecidos e cozidos embaixo do sol dos deuses profanos e perdulários do Egito.

O GUERREIRO

– Fiquem longe do povo. – Calebe manteve suas esposas e filhos dentro da barraca. – Fiquem fora disso. – Podia sentir o calor da rebelião se formando à sua volta, mesmo na tribo de Judá, enquanto as pessoas choravam e gritavam pela noite afora.

– Não consigo suportar isso! – Efrate cobriu os ouvidos.

O povo se rebelou de novo e acusou Moisés de matar o povo de Deus. A glória do Senhor apareceu e lançou uma praga no acampamento. Homens e mulheres que estavam blasfemando contra Deus e seu profeta caíram mortos onde estavam. Dez, cem, mil, milhares e milhares. Os rebeldes não conseguiam correr nem se esconder, pois Deus sabia quem eram e foi atrás deles para destruí-los. Moisés implorava por misericórdia e mandou Aarão ir correndo pegar incenso para acender a fim de expiar os pecados do povo. Aarão se apressou para cumprir a ordem e ficou entre os mortos e os vivos.

Finalmente, o povo ficou em silêncio, com muito medo de abrir a boca e uma praga cair sobre eles. Tarde demais, eles se lembravam do que o Senhor tinha feito no Egito. Se não fosse por Moisés e Aarão, todos estariam mortos.

Calebe saiu do seu esconderijo para ajudar a carregar os mortos de Judá para fora do acampamento. Mas ele sabia que não tinha acabado.

– Posso ver isso nos seus olhos.

Efrate o abraçou na escuridão da barraca deles.

– O que você pode ver, meu amor?

Ela se aninhou nos braços ele.

– Ira. Não contra aqueles que se rebelaram contra o Senhor, mas contra o próprio Deus por manter Sua palavra.

Era como se as águas lamacentas no Nilo ainda corressem nas veias deles, incluindo nas dele, pois Calebe sabia que o pecado habitava nele. Ele amava esses homens que tinham se tornado seus irmãos. Ele os amava, mas, ao mesmo tempo, os odiava também. Quando escutou que se aproximava um homem resmungando, poderia ter levantado a mão contra ele e tê-lo derrubado com facilidade. Ressentimento crescia em seu peito, trazendo um desejo de vingança.

"Meu coração parece uma tempestade dentro de mim, Senhor. Vós sois o meu Deus! Não permitais que nada se coloque entre mim e o Senhor. O pecado fica à espreita na entrada do meu coração, esperando para me devorar. E eu preciso lutar contra isso. Oh, Deus, como devo lutar contra o fogo em meu sangue! A falta de fé deles impediu que eu e minha família entrássemos em Canaã. Ajudai-me a não odiar essas pessoas. Ajudai-me a permanecer firme embaixo do refrescante riacho da Vossa água viva para que eu obedeça a cada ordem Vossa, quer eu compreenda ou não."

Mas o resmungo persistia, baixo, uma tendência oculta que ainda puxava a alma de alguns, sugando a esperança nas promessas de Deus.

Abaixando a cabeça, Calebe segurou com força a enxada que usava para cavar os túmulos até que seus dedos doessem.

"Ajudai-me, Senhor. Oh, Deus, ajudai-me a não ceder à minha ira."

* * *

A multidão seguiu o Senhor e Moisés de volta para o mar Vermelho e, então, começou a vagar. Ninguém sabia por quanto tempo eles ficariam em cada lugar. Calebe estava sempre com os olhos fixos na nuvem, para que, quando ela levantasse, ele e seus familiares desmontassem o acampamento.

– Levantem-se. O Senhor está se movendo. *Levantem-se!*

Jeriote lhe deu outro filho. Calebe lhe deu o nome do lugar onde Deus permitiu que acampassem. Quando Efrate lhe deu um filho, Calebe o levantou diante da nuvem do Senhor e disse:

– Seu nome será Hur.

Esrom se apoiou em seu cajado.

– Outro nome que não é da nossa família.

Os anos pesavam nele, assim como os filhos perdidos que geravam amargura e ódio.

Calebe não fraquejou.

O GUERREIRO

– Hur e Aarão seguraram os braços de Moisés enquanto Josué lutava contra os amalecitas. Então, que meu filho seja o suporte daqueles que forem os escolhidos de Deus para liderar o povo. – Ele colocou o bebê sobre seu coração. – Meus filhos vão escolher a honra em vez da vergonha. – Que eles cresçam com fé como você e que tenham a compaixão de Moisés.

O velho se afastou.

Calebe mantinha seus filhos por perto, mesmo no meio de Judá, não querendo que eles se misturassem entre aqueles que ainda olhavam para o passado, para o Egito, e suspirassem.

Zimri o procurou.

– Precisamos de você no conselho dos anciãos.

– Por quê? – Eles nunca o tinham escutado antes.

– Seus inimigos morreram, meu amigo, muitos com a praga.

Calebe levantou a cabeça.

– E eu devo ficar de luto por eles?

– Você escutou os gritos deles da mesma forma que eu escutei. Perdi filhos naquele dia. Você não tem pena de mim e daqueles que o Senhor matou?

– Foi a falta de fé deles que os derrubou.

– Sonhos antigos estavam tardando a chegar.

Até mesmo Zimri estava cego.

– Não era um sonho! A terra estava lá, exatamente como Deus prometeu, madura como as uvas e as romãs que eu e Josué trouxemos. Mas o medo endureceu o coração de vocês contra o Senhor.

– Meus filhos, meus filhos. Só sobraram Carmi e o filho dele.

Calebe viu o apelo nos olhos do ancião, mas não ia ceder.

– Falta de fé, Zimri. Você inventa desculpas para aqueles que blasfemam. Você conhece as Leis. Amar o Senhor seu Deus com todo o coração e alma e com toda sua força. Você e os outros ainda se apegam à carne e ao sangue.

– Você guarda tanto ressentimento por nós?

– Eu tenho ressentimento pelos anos desperdiçados.

Zimri olhou para os jovens brincando. Sua boca ficou seca.

– Você poderá ir para o lugar que nos foi negado.

– Sim. Quando eu tiver *oitenta anos*. Quando meus filhos pequenos tiverem a idade que tenho hoje. Messa e Maressa serão ainda mais velhos!

Zimri baixou a cabeça.

Calebe se virou, mas Zimri segurou seu braço.

– Nós *precisamos* de você. – Ele levantou o olhar marejado. – Meus netos precisam de você.

Então, Calebe foi para o conselho dos anciãos.

– Os senhores querem escutar o que tenho a dizer? Que seja. Parem de ficar falando entre vocês e escutem o Senhor Deus que os tirou do Egito. É tarde demais para olhar para trás, para o que poderia ter sido. Precisamos olhar para a frente, para a promessa que Deus nos fez. Sim. Todos vocês morrerão! Mas seus filhos irão para Canaã, se eles aprenderem a obedecer ao Senhor. Quando se reunirem, julguem os casos com sabedoria, segundo as Leis. Quando se reunirem, falem dos milagres que viram no Egito. Contem de quando o mar Vermelho de abriu; contem da água que brotou da pedra. Agradeçam pelo maná que recebem das mãos de Deus toda manhã. Agradeçam pela coluna de fogo que nos protege à noite. Confessem aos seus filhos e filhas que é por causa dos seus pecados que estamos vagando por este deserto. É porque não confiamos no Senhor que viveremos como nômades! Deixem que eles vejam a nossa humildade perante o Senhor para que eles aprendam que *Ele é o Senhor nosso Deus!* Nós não obedecemos. Precisamos ensinar aos nossos filhos para que dê certo.

Em silêncio, os homens olharam para Zimri, e ele falou por todos:

– Nós concordamos, Calebe. Mas prometa para nós que você irá guiá-los.

Calebe olhou em volta no círculo. Mesmo depois de tudo, eles ainda não conseguiam entender.

– Não, eu não vou guiá-los. Pois o Senhor nosso Deus fará isso!

* * *

O GUERREIRO

Os homens mandaram seus filhos para Calebe, que foi duro com eles e os colocou em seus devidos lugares.

– Não temos mais terra para arar e plantar nem colheitas a fazer, já que o Senhor nos dá tudo de que precisamos. Vocês não precisam torrar no sol fazendo tijolos como seus pais faziam antes. Mas vocês não vão passar seus dias na ociosidade! O Senhor é um guerreiro, Senhor é o Seu nome!

– O Senhor é um guerreiro, Senhor é o Seu nome! – repetiram seus filhos. Os outros se juntaram a eles.

– De novo. E sejam sinceros.

Eles gritaram.

– Nós aprenderemos a ser guerreiros também.

Ele demarcou pistas de corrida para que seus corpos ficassem fortes e rápidos. Planejou jogos para testar a agilidade e a força deles. Ele os colocou, cada vez mais, para se exercitarem. Os mais velhos assistiram e morreram conforme seus filhos treinavam.

Os filhos de Calebe e dos outros estavam desabrochando como talos de trigo maduros. Mas Calebe os queria fortes e determinados.

– Vocês não vão vergar a cada vento que soprar sobre nós. Em Canaã, havia cedros, fortalezas. Assim devemos ser. Ficaremos firmes com a força do Senhor nosso Deus!

Sempre que o Senhor levava o povo para um lugar com madeira, Calebe mandava seus filhos a juntarem e acenderem fogueiras. O tinido de metal contra metal e o silvo de vapor eram ouvidos em todo o acampamento enquanto ele transformava seus arados em espadas e suas podadeiras em lanças. Por meio de tentativa e erro, os jovens aprenderam a manejar armas e a acertar um ponto com um arco e uma flecha. Aqueles que eram pastores ensinaram a eles como usar estilingue e pedras.

– Fiquem de olho no Senhor – ensinava Calebe. – Estejam prontos para partir no momento em que a nuvem se levantar do Tabernáculo.

Ele ensinou os meninos e os rapazes a correrem no primeiro sopro do shofar, recompensando aqueles que eram os primeiros a aprontarem seus acampamentos para a próxima jornada.

— Levante-se! *Levante-se, povo de Israel!* O Senhor está se movendo!

Então, todos eles aprenderam, sem relutância e com rapidez, a desarmar e enrolar as barracas, empacotar tudo e seguir para onde quer que Deus os levasse.

Um dos filhos de Calebe estava sempre de vigília. Pois ele queria que Judá estivesse sempre logo atrás de Moisés e Aarão, à vista de Josué, que um dia seria o líder.

* * *

Calebe e Josué costumavam adorar ao Senhor juntos e iam a um lugar alto, de onde tinham uma boa visão do acampamento. Milhares de barracas espalhadas pela planície do deserto abaixo da coluna de nuvem. Fumaça subia das fogueiras onde comida era preparada. Crianças corriam entre as barracas; anciãos se reuniam nas entradas, enquanto mulheres serviam. No acampamento de Judá, rapazes treinavam e apostavam corrida uns contra os outros. A distância, pastores traziam suas ovelhas e vacas para mais perto, para passar a noite.

O ar começava a mudar. Calebe prendia a respiração e assistia à transformação da nuvem fria na coluna de fogo. Isso nunca deixava de surpreendê-lo.

— Com sombra durante o dia e aquecidos à noite. Nosso Senhor é sempre misericordioso.

Josué concordou.

— Você está treinando os filhos de Judá para serem guerreiros cruéis.

Calebe não detectou nem aprovação nem reprovação na declaração de Josué.

— Todos os filhos de Jacó deveriam ser treinados para ser guerreiros.

— Tenho orado sobre esse assunto.

— E o que o Senhor diz?

— Ele fala com Moisés, não comigo. — Calebe percebeu a inquietação de Josué e soube que ele tinha mais a dizer.

O GUERREIRO

Após uma longa pausa, Josué olhou para ele.
– Não se falou nada sobre o assunto, o que me faz pensar.
– Em quê?
– Se é certo treinar para a batalha.
– Quando o Senhor nos mandar para Canaã, Josué, vamos precisar saber lutar. Você considera um pecado treinar soldados?
– O Senhor disse que a terra é nossa.
– Sim, a vitória já está decidida, mas ainda temos que fazer a nossa parte. Você acha que o Senhor quer que passemos os próximos quarenta anos deitados e dormindo?
– Nosso dever é acreditar, Calebe.
– Sim, Josué, mas provamos a nossa fé com ação. Os dez emissários que foram conosco para Canaã acreditavam em Deus, mas se recusaram a agir usando a fé, guiando seus irmãos para Canaã. – Ele riu com sarcasmo.
– Talvez eles tivessem coragem se Deus tivesse derrubado os muros das cidades e eliminado as pessoas *antes* de nos convidar para ocupar a terra.
– Você não tem compaixão por eles. – Calebe cerrou os dentes. – Eles sofrem por causa da falta de fé, Calebe.
– A falta de fé deles pode contaminar o povo. A inatividade leva à rebelião. Precisamos fazer alguma coisa. O que poderia ser melhor do que nos prepararmos para a batalha que sabemos que vamos enfrentar?
– Você fala como se fôssemos soldados ou cocheiros. Somos escravos.
– Nós *éramos* escravos. Agora somos homens livres com a promessa de Deus de um futuro e esperança. Nossos filhos que nascerem no deserto nunca terão conhecido a opressão do Egito. Eles nascerão sob o dossel de Deus. Caminharão na presença Dele todos os dias de suas vidas. Talvez nós, que passamos a nossa vida nos curvando perante os outros, tenhamos de aprender a ser como nossos filhos. Se eu tiver de ser escravo de alguém, será do Senhor nosso Deus. Você não pode fraquejar, Josué. Não pode se permitir olhar para trás, apenas para cima. – Apontou para a coluna de fogo.
– E para o que está diante de nós. – Ele apontou para o norte para Canaã.

— Estou cansado de vagar.

— Estamos todos cansados. Mas é um treinamento também. — Calebe olhou na direção do horizonte. Será que Deus subirá amanhã e os levará para outro lugar? Apenas o Senhor pode guiá-los para fora dessa terra árida e nos levar para a água. — Podemos achar que vagamos sem um propósito, meu amigo, mas estou convencido de que Deus tem um plano. Preciso acreditar ou vou entrar em desespero. Fomos julgados e agora vivemos com as consequências dos nossos pecados, mas com certeza nem tudo isso se trata de castigo. Nossos olhos estão sempre grudados Nele; estamos aprendendo a nos mover quando Ele se move.

— É castigo.

— Sim, sim. — Calebe estava ficando impaciente. — Mas também uma oportunidade. — Havia pensado tanto sobre isso nas últimas semanas. — Talvez sempre tenha mais de um propósito. Ele foi justo em seu julgamento, mas Ele mostra misericórdia conosco. Ele nos deu as Leis para fixarmos em nossa mente e em nosso coração, Leis que me fazem travar uma luta interna. E Deus nos disse para fazermos sacrifícios todas as manhãs e todas as noites. O odor é uma lembrança constante. Ele nos conhece muito bem. Ele nos dá comida e água para nos sustentar. Ele guia cada passo que damos. Quando o Senhor se levanta, desmontamos nossas barracas e seguimos. Quando Ele volta para o Tabernáculo, nós acampamos e esperamos. No Egito, nossos feitores pensavam por nós, e nós respondíamos como burros de carga. Agora, precisamos pensar como homens. Não somos animais que pastam em qualquer campo que estiver disponível. Temos escolhas. Devemos ficar resmungando uns com os outros ou caminhar pela trilha que Deus nos deu?

Calebe apontou para o nordeste.

— Aquela terra é nossa. Agora mesmo, está cheia de pessoas que adoram falsos deuses e praticam todo tipo de maldade. Todo homem, mulher e criança está corrompido pelo pecado. Você viu como eles adoram seus deuses, colocando fogo em bebês e fornicando em altares no meio da cidade e embaixo de qualquer árvore. Eles praticam abominações piores do que o Egito todo. O Senhor nos mandou para a terra como emissários para ver contra o que lutaríamos. Nós vimos. Nós sabemos. Agora, precisamos nos preparar para a batalha.

Josué não disse nada. O silêncio nunca caía bem para Calebe. Não tinha razão para duvidar da coragem de Josué, mas gostaria de saber o que se passava na mente do amigo.

– Nós já lutamos outras batalhas, Josué. O Senhor não disse para sentarmos e assistirmos enquanto Ele destruía os amalecitas. Ele nos mandou para lutar contra eles.

– Moisés orou.

– E Deus respondeu nos dando a vitória.

– Às vezes, não precisamos fazer nada além de orar, Calebe.

– Sim. Mas é prudente supor que o Senhor irá destruir Canaã com pragas e, então, nos levar até a nossa terra? Ou seria mais prudente treinar e nos prepararmos para o que quer que Deus nos pedir?

Mesmo se o Senhor disser que eles deveriam ficar parados e assistir, o trabalho não seria perdido se estivessem preparados para fazer qualquer coisa que Deus lhes pedisse.

– Você já está certo sobre o que temos que fazer.

Calebe fitou o acampamento espalhado pela planície. Onde as barracas de Judá estavam montadas, jovens lutavam em batalhas simuladas. Após cada rodada, eles se afastavam e começavam de novo.

– Você está tentando mudar isso?

– Onde fica a oração em toda essa luta?

– Luta? – Calebe contraiu o maxilar. – Tem menos briga entre os rapazes de Judá que treinam do que já vi entre as outras tribos que fazem pouca coisa mais do que pegar maná toda manhã, depois se sentar e passar o resto do dia conversando. Conversas fiadas levam a reclamações e rebelião. E quanto a orar, vem primeiro. Mãos e armas só são levantadas depois dos sacrifícios da manhã e da leitura das Leis.

A boca de Josué se curvou com ironia.

— Mas você é parcial.

O sangue dele ferveu.

— Parcial?

— Você dá mais atenção a determinados homens.

Por que Josué o estava pressionando tanto? Por que não falava logo no que estava pensando?

— Aonde você quer chegar, Josué?

— Você treina os filhos de Judá.

— Claro.

— Você tem outras alianças.

Calebe sentiu o calor subir por seu rosto. Ele estava falando de Edom? Calebe encarou Josué através de olhos semicerrados.

— Minha única aliança é com o Senhor, que me disse que vou entrar na terra. Quando esse dia chegar, quero meus filhos ao meu lado, prontos para destruir *qualquer um* ou *qualquer coisa* que se colocar no caminho da nossa herança.

Josué colocou a mão no ombro de Calebe.

— Mas você é *hebreu,* meu amigo. Filho de Abraão, e todos esses são seus irmãos.

— Por que está me provocando? Fale o que está pensando.

— Estou pensando a mesma coisa que você. Precisamos treinar para a batalha. O que me perturba é a forma como você está fazendo. Grupos dispersos, esforços dispersos. É possível que, um dia, estejamos cortando a garganta uns dos outros em vez de nos colocarmos contra os inimigos de Deus.

A visão causou um aperto no coração de Calebe. Ele agarrou o braço de Josué.

— Então, nos una!

— Não sou eu quem deve fazer isso.

— Então, fale com Moisés. O Senhor tirou doze tribos juntas do Egito. Com certeza, Ele quer que sejamos como um único rebanho, não doze.

O GUERREIRO

Moisés também pode nos treinar. Ele foi criado da corte egípcia entre os príncipes. Deve ter aprendido muito sobre táticas e armamentos. E você é mais próximo dele do que dos seus próprios filhos, próximo o bastante para levantar o assunto.

– Você acha que sou presunçoso?

– Se não perguntar, nunca terá uma resposta.

– E se ele disser não?

Calebe não queria ser grosseiro. Olhou para as milhares de barracas. Podia ver os estandartes de cada tribo, o espaço entre eles, fronteiras.

– Olhe para nós. Você está certo. Nossos pensamentos estão dispersos. Deus está tentando nos unir por meio das Leis: uma mente, um coração, uma promessa que nos dá esperança. Não podemos ser doze tribos acampadas em volta do Tabernáculo. Precisamos nos tornar uma nação guiada por Deus! E toda nação tem um exército. Vamos formar o exército do Senhor.

Ele fitou o rosto solene de Josué, que havia envelhecido anos nos últimos meses. O amor pelo povo pesava no coração do jovem.

– Fale com Moisés, Josué. Diga a ele o que se passa em sua mente e em seu coração. Fico surpreso que ainda não tenha feito isso.

– Ele está com o espírito perturbado e ora incessantemente pelo povo.

– Que está cheio de vaidade e tédio e precisa de alguma ocupação. *Pergunte!* Você sabe o que Moisés fará.

– Ele irá falar com o Senhor.

Calebe riu com vontade.

– Sim! – Ele deu um tapa nas costas de Josué. – E aí saberemos se o fogo em nossas veias é fruto do nosso próprio orgulho ou do Espírito de Deus.

* * *

Os anos passaram devagar enquanto os israelitas iam de um lugar para o outro no deserto. A geração de escravos morreu, um a um, conforme as crianças cresciam e ficavam fortes. Famílias ficaram sem patriarcas e matriarcas, depois sem tios e tias.

Calebe se via em constante tristeza ao ver amigos e membros da família morrendo. Zimri foi o primeiro, seguido logo depois por Esrom. Alguns morreram amargurados e impenitentes. Outros sofreram por causa de sua falta de fé e do custo disso para seus filhos. O filho de Zimri, Carmi, agora fazia parte do conselho junto com Calebe. Eles se tornaram bons amigos, talvez até íntimos.

Quando Calebe caminhava entre as barracas, aqueles da sua geração o observavam passar. Alguns o fitavam com ressentimento, outros com inveja, alguns poucos assentindo com respeito. O acampamento vivia um constante luto pelos entes queridos que morriam, assim como pelo pecado que os impediu de entrar na Terra Prometida.

Garotos se juntavam ao redor de Calebe aonde quer que ele fosse, ansiosos para entrar no treinamento. Primeiro, ele testava o conhecimento deles sobre as Leis.

– Não basta querer lutar. Todo homem tem a luta em sua natureza! Vocês precisam conhecer Aquele que os guiará na batalha.

– Moisés!

– E Josué!

Calebe sabia o que ambos diriam.

– Voltem para suas barracas. Ainda não estão prontos.

Eles vinham até ele ansiando pela luta, mas sem fé e conhecimento. O Senhor era o comandante deles. Eles devem preparar seus corações e mentes para seguir a vontade Dele. Não de um homem. Nem mesmo a dele.

Os setenta anciãos morreram e foram substituídos por homens mais jovens que pagavam pelos pecados dos pais. Eles escutavam os conselhos de Moisés e agiam de acordo, escolhendo homens sábios que amavam o Senhor para julgar o povo. Um a um, os homens que cresceram temendo o faraó morreram e foram substituídos por homens que cresceram temendo a Deus.

Os acampamentos se moviam com a precisão de um exército. Quando a nuvem levantava, o povo também levantava acampamento, até mesmo antes de o shofar tocar. O povo estava aprendendo a cada dia, a cada mês, a ser vigilante e seguir o Senhor.

Os velhos gemiam e lamentavam, resmungavam e reclamavam, e morriam. Os jovens louvavam e praticavam, alegravam-se e reverenciavam a Deus, e viviam.

* * *

Durante o trigésimo oitavo ano em que vagaram, Calebe foi chamado até a barraca de Quenaz. Seu irmão estava morrendo. Calebe sentou-se ao lado dele, lamentando essa perda mais do que qualquer outra.

Quenaz abriu um sorriso fraco.

– Pensei que, talvez, o Senhor tivesse me perdoado, e eu pudesse entrar escondido na Terra Prometida no meio dos meus filhos e netos.

Calebe não conseguia falar, apenas apertou a mão de Quenaz entre as suas mãos.

– Eu o tenho observado, meu irmão. – A voz de Quenaz mal passava de um sussurro. – Você se senta na entrada da sua barraca e fixa seu olhar na coluna de fogo. E o fogo de Deus se reflete nos seus olhos, meu irmão.

Calebe abaixou a cabeça, lágrimas escorrendo.

– Nós deveríamos ter escutado... – Quenaz suspirou e sua mão ficou frouxa entre as de Calebe.

Dois dias depois, Jeriote morreu, e um mês depois Calebe acordou e encontrou Efrate morta ao seu lado. Um grito se formou em sua garganta enquanto ele rasgava a própria roupa e saía para jogar terra no ar. Não trocou uma palavra com ninguém por um mês.

Calebe nunca havia sentido uma tristeza tão grande tomar conta de si, e uma rebeldia inesperada e proibida começou a crescer dentro dele. Ele correu para o Tabernáculo e se colocou diante do Senhor. "Matai o mal dentro de mim, Senhor. Matai antes que crie raízes e cresça." Ele ficou no Tabernáculo por três dias. Ainda sofrendo, ele se levantou sentindo uma paz que estava além de sua compreensão. "O Senhor, o Senhor é a minha força. Ele é meu porto seguro, meu conforto."

Na manhã seguinte, a nuvem se moveu, e Calebe desmontou sua barraca e empacotou suas coisas para seguir. Quando o Senhor parou, o Tabernáculo foi montado, e as tribos tomaram suas posições em volta, desta vez em um oásis com tamareiras. Conforme Calebe voltava para o pátio do Tabernáculo, descansava na presença do Senhor, em vez de travar uma luta interna. Um dia no pátio do Senhor era melhor do que mil em qualquer outro lugar.

Ele estava de luto por Efrate, mas voltou para treinar os jovens para a batalha. Uma nova geração tinha chegado à idade adulta, com filhos vindo atrás deles. Calebe sentiu a energia renovada fluir em seu corpo, como se o Senhor tivesse lhe devolvido o tempo e a força que o deserto tinha tirado.

Os quarenta anos estavam quase acabando. A peregrinação deles estava no fim.

* * *

O Senhor guiou os israelitas para Cades uma segunda vez. Caleb reuniu seus filhos e netos à sua volta.

– Foi aqui que o povo esperou enquanto eu e Josué fomos a Canaã. Foi aqui que o povo se rebelou contra o Senhor. – Ele formou punhos com as mãos. – Escutem desta vez. Escutem e obedeçam.

Toda manhã, ele acordava pronto para seguir, para se aproximar, para conseguir o que Deus havia prometido a ele. Sua própria terra, um lugar para plantar, um lugar onde pudesse descansar embaixo de sua própria oliveira e provar as frutas de seu pomar.

Mas a espera não tinha acabado.

A irmã de Moisés, Miriam, morreu. Chocado, todo o acampamento lamentou a morte dela como se lamenta a morte de uma mãe.

O GUERREIRO

Alguma coisa aconteceu com o povo, que se rebelou contra Moisés, pois, mais uma vez, não havia água.

– O Senhor providenciará! – gritava Calebe, mas ninguém escutava. Ele foi para sua barraca e sentou-se, com a cabeça nas mãos.

"Se eu ficar lá fora, Senhor, vou acabar matando alguém. Vou puxar a minha espada e não vou parar até que o Senhor me derrube! Nós nunca vamos mudar? Nosso destino é nos rebelarmos contra o Senhor Deus todo-poderoso durante toda a nossa vida? Israel, o próprio nome significa lutar com o Senhor. Foi por isso que Vós destes esse nome? Essa geração é igual à última. Rebelião contra Deus está no sangue!"

Ele escutou gritos de júbilo. Levantou-se e saiu para encontrar água jorrando de uma pedra. O povo gritava, cantava e jogava água em seus corpos. A água era chamada Meribá, pois esse foi outro lugar em que os israelitas tinham brigado com o Senhor. Mas, depois daquele dia, Moisés parecia velho e cansado e mal falava.

Moisés mandou mensageiros a Edom pedindo passagem pela terra deles, e Edom respondeu com a ameaça de guerra. Calebe ficou envergonhado. Os edomitas não eram irmãos? Eles, assim como Calebe, eram descendentes de Esaú. Calebe desprezava o sangue que corria em suas veias.

Mais uma vez, Moisés mandou mensageiros garantindo que o povo ficaria na estrada e não se aventuraria em nenhum campo nem vinhedo nem mesmo beberia água de nenhum poço, apenas passaria para seguir para a terra que Deus tinha dado a eles. Os edomitas não só recusaram como aprontaram o exército para a batalha.

– Diga a Moisés que estamos prontos para lutar! – Calebe informou a Josué. – Mande-nos para lidar com essas pessoas. Não podemos deixar que ninguém se coloque no caminho do Senhor Deus de Israel!

– Eles são irmãos, Calebe.

– Eles nos rejeitaram. Vamos aniquilá-los! São traidores e blasfemadores.

– Eles são descendentes de Abraão, assim como nós.

– Eles são um muro entre nós e as promessas de Deus!

– Calebe...

– Não invente desculpas para eles, Josué. Homens precisam fazer escolhas. E eles escolheram a morte!

– Você é meu amigo e irmão, Calebe. Lembre-se das Leis. A vingança pertence ao Senhor,

As palavras atingiram Calebe e acalmaram seu ânimo. Mas sua raiva e impaciência afloraram de novo quando Moisés orou e, então, se afastou de Edom, seguindo de volta para Cades.

– Cades! – exclamou Calebe, entre dentes. – A nossa fé não nos levará a nenhum lugar além de Cades?

Enquanto o povo descansava, ele foi ao Tabernáculo e passou a noite com o rosto na terra. "Por quê, Senhor? Por que devemos mostrar misericórdia?"

Eles seguiram para o Monte Hor e montaram o acampamento. Moisés, Aarão e Eleazar, filho de Aarão, subiram a montanha.

A impaciência de Calebe o estava consumindo vivo. Ele praticava com sua espada. Andava de um lado para o outro. Refletia. "Senhor, Senhor! Quando? Todos os escravos já morreram! Vossa sentença foi cumprida!"

Apenas Moisés e Eleazar desceram do monte.

Quando a notícia de que Aarão estava morto se espalhou, o choque tomou conta do acampamento, e o povo ficou de luto. Ninguém esperava que Deus levasse Aarão. Trinta dias se passaram até que a nuvem levantasse e o povo O seguisse pela estrada de Atarim.

Gritos vinham de longe. Armado e pronto para lutar, Calebe gritou para seus filhos. Mas era tarde demais. Os cananeus que viviam em Neguebe, liderados pelo rei de Arade, tinham atacado e feito alguns prisioneiros. O povo estava sofrendo e enfurecido. Tinha acontecido tão rápido que ninguém esperava.

A ira de Calebe fervia.

– Precisamos de permissão para destruí-los.

– A decisão não é minha – disse Josué.

– Você nunca vai se levantar e clamar ao Senhor como Moisés faz? – Calebe foi até o pátio do Tabernáculo. – *Senhor!* – As pessoas paravam para encará-lo. – Senhor, mandai-nos para a luta. – Ninguém falava nem mesmo ousava respirar. – Entregai essas pessoas nas nossas mãos, e nós vamos destruir as cidades deles!

Moisés, que estava de joelhos, levantou-se e foi até ele, abatido. Calebe se manteve firme.

– Vagamos pelo deserto por quarenta anos porque não tivemos fé para entrar na terra. Vai nos faltar fé de novo? O Senhor disse que a terra é nossa. Não me diga que o Senhor quer que sejamos atacados e feitos escravos de novo. Não vou acreditar!

Os olhos de Moisés estavam inflamados.

– O Senhor escutou nossas súplicas e nos entregou os cananeus. "Vão!" disse o Senhor. "Vão e destruam a eles e suas cidades. Não deixem nada de pé e ninguém respirando! Vão em nome do Senhor".

E Calebe e Josué foram.

O lugar passou a ser conhecido como Horma: "destruição".

* * *

Quando Moisés levou a comunidade de volta para o mar Vermelho para pegar a rota em torno de Edom, Calebe precisou se concentrar no treinamento diário para não ceder à tensão e à impaciência dentro de si para chegarem a Canaã. Quando escutava reclamações, que vinham com mais frequência desde a vitória sobre o rei de Arade, ele lembrava ao povo o que Moisés dissera:

– Os edomitas são filhos de Esaú, portanto são nossos irmãos.

– Irmãos que nos tratam como inimigos! – Jeser estava tão ansioso para lutar quanto seus meios-irmãos mais velhos Messa e Maressa.

– Não importa como eles nos tratam. – Calebe tentava acalmar seus filhos como se fossem garanhões. – Devemos fazer o que é certo.

– Qualquer um que entre em nosso caminho está entrando no caminho do Senhor!

Calebe sentiu um arrepio de apreensão. Agarrou Messa pelos ombros.

– Quem somos nós para acharmos que sabemos a vontade de Deus? – Ele afundou os dedos até que o filho fizesse uma careta. – É Moisés quem fala as palavras de Deus, e é Moisés quem está falando que devemos dar a volta por Edom. – Ele soltou o filho e olhou para os outros cinco. – Vocês todos devem se lembrar de que, querendo ou não, sangue de Esaú corre em nossas veias.

Não podiam discutir sobre Edom, então concentraram sua raiva e impaciência em outra coisa.

– Nunca temos água suficiente!

– Não aguento mais comer maná.

– Quando teremos outra coisa para comer?

Por baixo da superfície de suas reclamações, havia uma vontade de vingança contra Edom e o que eles acreditavam ser um atraso desnecessário para a gratificação de entrar na Terra Prometida. O povo se reunia em grupos pequenos de descontentes, murmurando e atacando Moisés, esquecendo-se do quanto ele tinha amado e orado por eles todos os dias, o dia todo, por quarenta anos.

* * *

Ao se esticar para pegar lenha, Calebe sentiu uma pontada afiada. Prendendo a respiração, puxou a mão. Uma cobra estava pendurada em seu braço, com as presas afundadas nos tendões do pulso de Calebe. A dor se espalhava por suas veias. Algumas mulheres começaram a gritar.

– Afastem-se! – gritava ele enquanto sacudia o braço.

Em vez de soltar, a serpente se enrolou mais em seu braço.

Calebe agarrou a cabeça dela, arrancou a de sua mão e jogou longe. Ela se encolheu para outro golpe. O neto de Calebe, Hebron, puxou seu

O GUERREIRO

punhal e cortou a cabeça da cobra. Enquanto o corpo serpenteava na terra, Calebe pisou na cabeça. Então, perdendo suas forças, ele caiu de joelhos. O veneno agia rapidamente. Calebe sentiu seu coração bater cada vez mais forte. Começou a suar e sentiu uma náusea tomar conta dele. Alguém o segurou com cuidado e o deitou.

– Não – murmurou ele –, levante-me...

– Pai!

Messa o agarrou. Jeser e Maressa vieram correndo, Shobab logo atrás. Todos falavam ao mesmo tempo, sem prestar atenção em nada. Ele viu medo nos olhos deles. Confusão.

– Uma cobra o picou! – A mulher soluçava. – Ele estava pegando lenha. Ele...

Com a visão embaçando, Calebe agarrou o cinto de Messa.

– Preciso levantar...

Ele precisava ir ao Tabernáculo. Precisava ver o poste com a réplica de uma cobra venenosa na ponta. O Senhor prometera que qualquer um que fosse picado por cobra sobreviveria se simplesmente olhasse para ela!

– Façam alguma coisa! Rápido!

Todos gritavam ao mesmo tempo. Os filhos dele o pegaram pelos braços e o levantaram. Messa e Jeser o apoiavam, um de cada lado. Ele tentou andar, mas seu corpo o traiu.

– Ele não consegue usar as pernas!

– Ele vai morrer!

– Peguem-no no colo!

– *Rápido!*

Quatro dos filhos dele o carregaram, gritando enquanto se moviam entre as barracas. Pareceu levar uma eternidade. Estavam tão longe assim do Tabernáculo?

– É Calebe! – gritavam as pessoas, assustadas. – Afastem-se! Saiam do nosso caminho!

Calebe se esforçava para respirar.

– Senhor, Vós prometestes – Ele não conseguiu dizer mais nada.

– Pai! – Messa estava chorando.

"Eu cheguei tão longe, Senhor, para morrer agora. Vós prometestes."

– Coloquem-no chão! – alguém disse.

Seus filhos o colocaram de joelho, mas ele não conseguia manter a cabeça levantada. Não conseguia respirar para dizer aos filhos como ajudá-lo.

"Oh, Senhor, Vós sabeis quantas vezes não cumprimos nossa palavra, mas Vós nunca descumpristes a Vossa conosco. Vós dissestes que eu entraria na Terra Prometida."

Calebe caiu com o rosto no chão. Mãos caíram sobre ele de novo... tantas mãos, tantas vozes, gritando, chorando.

"Orem. Alguém ore por mim."

– Calebe! – Pessoas o cercavam.

– É Calebe! – Elas bloqueavam o sol.

– Afastem-se! – Era a voz de Josué agora. – Deem espaço para que ele respire.

– Senhor, Senhor... – Calebe reconheceu a voz de Hur, sentiu-se ser virado de costas. – Não o tireis de nós, Senhor.

Calebe ficou deitado de costas, a nuvem sobre ele, rostos angustiados à sua volta. Não conseguia levantar a cabeça. Não conseguia levantar a mão para se segurar em alguém e se colocar de pé. Sua garganta estava fechando, seus pulmões queimavam.

Sentiu Hebron levantar seus ombros e levantá-lo, segurando-o.

– Abra os olhos, vô. Levante seu olhar. O poste está diante do senhor.

– Respire, pai! Respire!

– Ele está morto! – alguém exclamou.

– Calebe está morto!

O povo chorava.

Com a última força que lhe restava, Calebe abriu os olhos, mas não conseguia ver. A escuridão o envolvia.

– Olhe – dissera Moisés. – Olhe e tenha fé, que você viverá!

"Senhor, Vós sois minha salvação. Apenas Vós."

O GUERREIRO

Raios de luz apareceram, afastando a escuridão. Sua visão clareou. Acima dele estava o poste com a cobra de bronze.

"Vós sois o Senhor. Vós sois Rafá, o Curador. Vossa Palavra é a Verdade."

Os pulmões de Calebe se abriram, e ele conseguiu respirar fundo. Seu coração bateu mais devagar. Sua pele esfriou. Voltou da sombra da morte, sacudindo as mãos agrilhoadas até que conseguisse se levantar no meio do povo.

– Morte, onde se escondeu? – indagou ele.

Seus filhos deram gargalhadas, aliviados e agradecendo. Calebe levantou as mãos.

– O Senhor, Ele é Deus.

Abalado, com lágrimas nos olhos, Josué repetiu:

– *O Senhor, Ele é Deus!*

Aqueles que os cercavam repetiram os louvores ao Senhor, que havia cumprido Sua palavra.

* * *

Eles foram de Obote para Ijé-Abarim no deserto de frente para Moabe, na direção do sol nascente. Depois, seguiram para o vale de Zerede e mais ainda para acampar às margens do rio Arnom, entre Moabe e os amorreus. O Senhor os guiou para Beer e deu água ao povo para que pudessem atravessar o deserto até Mataná e Naaliel, Bamote e o vale do Moabe, onde do topo do Monte Nebo era possível ver todo o deserto.

Moisés mandou mensageiros para Seom, rei dos amorreus, pedindo uma passagem segura pelo território dele, e também enviou espiões para Jazer. Em resposta, Seom convocou todo o seu exército e marchou para o deserto contra Israel.

Dessa vez, o Senhor os mandou para a batalha.

– Enfrentem os amorreus com a espada e tomem a terra deles desde Arnom até Jaboque!

Ao soar do shofar, Calebe levantou sua espada e soltou um grito de guerra. Outros se juntaram até que a terra tremeu com o som. Josué os liderou na guerra. Conforme atravessavam a cidade fortificada de Hesbom, Calebe gritou para seus filhos:

– Destruam o povo de Quemós!

Quemós era o falso deus que exigia como sacrifício sangue de crianças.

Os rapazes e jovens israelitas treinados por Calebe e Josué agora eram guerreiros ansiosos por lutar pelo Senhor Deus. Eles devastaram Hesbom, derrubando suas muralhas, estraçalhando seus ídolos e altares e ateando fogo em tudo que restou. Eles não se seguraram, acabaram com cada cidadão que ficou para lutar. De Hesbom, eles foram para povoados próximos, arrancando os amorreus de suas cidades e de sua terra. Os abutres festejaram.

Os sobreviventes fugiram pela estrada para Basã e se alistaram para ajudar o rei Og, que marchava com todo o seu exército para encontrar Israel em Edrei.

– Não tenham medo deles – encorajou Moisés. – Não temam, pois o Senhor Deus os entregou a vocês, Og e todo o seu exército e sua terra!

Quando o dia terminou, nem um único israelita tinha morrido, mas Og e seus filhos e todo o seu exército estavam mortos no campo de batalha. Manchado de sangue, Calebe estava de pé entre os corpos revirados e emaranhados da carnificina. Escutou a alegria dos homens à sua volta que comemoravam a vitória. Eles realmente acreditavam que a força deles tinha levado à vitória?

Calebe olhou para os jovens que treinara e queria agarrá-los pelo pescoço. Agora, eles sabiam lutar e tinham desejo de destruir. Mas estavam se esquecendo da lição mais importante que tinha tentado colocar na cabeça deles desde quando começaram o treinamento: amem o Senhor seu Deus com todo o seu coração, mente, alma e força!

Arfando, Calebe cravou sua lança no chão que agora pertencia a Israel. Levantando as mãos para cima, ele gritou com toda a sua força:

O GUERREIRO

– *Senhor! Senhor! Louvemos ao Senhor!*

Seus filhos foram os primeiros a se juntar a ele. Um a um, os outros gritaram, até que milhares ecoassem o som.

"Fazei com que se lembrem, Senhor. Escrevei a verdade em seus corações."

* * *

Israel acampou nas planícies de Moabe às margens do rio Jordão, do outro lado de Jericó. Calebe escutou relatos de que Balaque, rei de Moabe, estava juntando forças e enviando mensageiros para Midiã e outros povos de Canaã.

– Ele pretende fazer uma aliança com as nações vizinhas para nos manter longe.

– Ele não vai conseguir – prometeu Calebe, andando de um lado para o outro. Não conseguia verbalizar suas preocupações, e Josué esperaria até que Moisés tomasse uma decisão. – Não podemos confiar no povo de Midiã. Sinto que tem alguma coisa errada.

– O quê?

– Eles estão amistosos demais.

– Eles têm parentesco com a família de Moisés.

Calebe sabia muito bem que a esposa de Moisés, Zípora, era de Midiã, e o pai dela, Jetro, era um homem importante. Quando o Senhor tirou os israelitas do Egito, Jetro encontrou Moisés na Montanha de Deus e devolveu a ele Zípora e os dois filhos de Moisés. Jetro aconselhara Moisés a escolher homens das tribos para ajudá-lo a julgar os problemas da nação que estava nascendo. Um homem sábio, Jetro.

– Jetro era um homem honrado, Josué, mas ele morreu há muito tempo. Esse povo nem se lembra mais de Zípora, e os filhos de Moisés foram treinados segundo a Palavra do Senhor. Eles não têm nada em comum com seus parentes que reverenciam Baal.

– Você é muito duro com eles, Calebe. Moisés diz para os tratarmos como irmãos.

– As mulheres não agem como irmãs. Você enviou alguém para ver o que está acontecendo em Sitim?

Josué franziu a testa.

– Não.

– Talvez devesse. Acho que você deveria discutir essas preocupações com Moisés. Talvez devêssemos orar e perguntar a Deus por que o povo de Midiã está sendo tão amistoso e se devemos fazer negócios com eles.

– Calebe não conseguiu esconder a impaciência em sua voz.

Josué ficou furioso.

– Moisés é nosso líder. Não eu.

– Isso significa que você não é capaz de pensar com a própria cabeça?

– Calebe viu o rosto de Josué ficar vermelho e seus olhos escurecerem.

– Alguns homens estão deixando o acampamento e indo para povoados midianitas. O Senhor disse para nos misturarmos com esse povo? Muito tempo atrás, Moisés tinha razão para confiar neles. A minha pergunta é se eles são dignos de confiança agora.

– Se surgir uma oportunidade, pergunto.

– Crie a oportunidade!

Calebe saiu antes de ser ainda mais grosseiro. Reuniu seus filhos e netos.

– Não conversem nem tenham nada com os midianitas.

– Moisés deu essa ordem?

Calebe virou-se para Ardon.

– Estou dando essa ordem, e sou seu pai.

Eles tinham aprendido a não discutir com ele. Ninguém fez mais nenhuma pergunta.

Mas outros que treinavam com os filhos de Calebe faziam o que bem entendiam, passando suas horas vagas visitando as midianitas. Voltavam contando histórias de como as jovens de lá eram simpáticas e bonitas. Afinal, Moisés tinha se casado com uma. Não era de se espantar que elas fossem tão atraentes. E os banquetes que aconteciam embaixo dos grandes carvalhos eram diferentes de tudo que eles tinham experimentado no deserto. Calebe viu jovens reunidos, sussurrando, com os olhos brilhando e os rostos corados.

– Vocês deveriam ir ver com seus próprios olhos.

Seus filhos queriam ir e todo dia o pressionavam, pedindo permissão.

– Todo mundo está indo. Somos os únicos que não estamos demonstrando hospitalidade para os parentes de Moisés.

– Vocês não vão até lá.

– Carmi deixa os filhos dele irem.

– Salu também.

– Salu é da tribo de Simeão. Vocês devem obediência a mim. E digo não. Se pedirem de novo, vou arranjar trabalho para que fiquem tão cansados que não vão nem conseguir levantar, muito menos pensar em mulheres midianitas e seus banquetes.

Apesar dos avisos de Calebe, alguns dos homens da tribo de Judá iam visitar as midianitas. Voltavam tarde. Muitos perdiam a adoração matinal. Um caiu durante os exercícios do treinamento. Calebe não tinha pena nem paciência.

– Levante sua cara do chão.

O jovem se esforçou para ficar de pé, pálido, tremendo, incapaz de olhar para Calebe nos olhos.

– Volte para sua barraca, Asriel. – Os olhos de Calebe brilhavam de raiva e nojo. – Vá! Agora! Antes que eu acabe com você! – Ele observou o jovem sair tropeçando. Virando-se para os outros, apontou para Asriel. – Algum homem, naquelas condições, é capaz de enfrentar o inimigo? É isso que acontece quando ficam acordados a noite toda. Ficam mais do que inúteis. O custo disso é a vida dos seus irmãos! Nunca se esqueçam de que servimos ao Senhor, Deus de Israel. E estamos nos preparando para entrar em Canaã às ordens Dele. Nossa herança está lá. – Ele estendeu um braço. – Os cananeus não vão abrir os portões de boas-vindas para nós.

Balaque está construindo uma força contra nós. Não temos tempo para dançar e cantar e comemorar com as midianitas.

– O Senhor nos mandou uma praga!

O povo chorava, lamentando os jovens que estavam morrendo.

– Por quê? – questionou uma mãe, aos prantos. – Fizemos tudo que Deus nos pediu, e agora Ele mata nossos filhos! Por quê?

* * *

Asriel morreu. Foi o primeiro de muitos. Nenhum dos filhos de Calebe ficou doente, mas, de toda forma, ele os interrogou, pressionando-os até que contassem o que os outros haviam contado sobre os midianitas e suas graciosas jovens e banquetes que aconteciam embaixo de grandes carvalhos.

– Não é de se admirar que Deus esteja nos matando. – Calebe chorou. – Pecamos contra Ele.

Calebe olhou para Josué, que estava sentado ao lado de Moisés, reunidos com os outros anciãos para discutir a praga que estava se espalhando pelo acampamento. Centenas tinham morrido, e outras centenas ficavam doentes todos os dias.

– Como pecamos? – alguém perguntou.

– Os midianitas.

– Eles são nossos amigos – insistiu outro.

– Que tipo de amizade temos com aqueles que adoram ídolos? Lembrem-se do Egito!

Calebe precisava se lembrar de que os homens reunidos aqui não se lembravam do que havia acontecido lá, apenas sabiam o que haviam escutado. Eles eram filhos daqueles que tinham sido libertados da escravidão.

– Os moabitas e os midianitas sabem que pertencemos ao Deus que destruiu o Egito com pragas. Sabem que servimos ao Senhor. Eles são ardilosos o suficiente para perceber que precisam criar uma rixa entre nós e o Deus que servimos. Por isso, mandam suas mulheres bonitas encantarem nossos jovens para adorar Baal. Essas mulheres foram enviadas para afastar de Deus o coração e a mente dos nossos jovens! E Deus está nos julgando por nossa infidelidade.

– Não vi nada disso no nosso acampamento.

– Nem no nosso!

– Nós vamos sempre ser assim? – indagou Calebe, furioso. Eles nunca iam entender? – Já foi falado. E vocês ainda não conseguem entender. Deus não manda uma praga sem motivo. Ele não pune sem uma razão. Devemos examinar a nós mesmos para que possamos nos arrepender!

Moisés se inclinou sobre Josué e falou com ele. Josué assentiu e respondeu baixinho. Agitados, os outros começaram a falar ao mesmo tempo.

– Salu – disse Calebe bem alto –, meus filhos me disseram que seu filho Zimri visita as midianitas.

Salu, da tribo de Simeão, pareceu não ficar muito satisfeito em ser o centro das atenções.

– Ele vai lá para pregar a Palavra do nosso Deus.

– Ele trouxe uma moça com ele – acrescentou outro.

Moisés levantou a cabeça. Josué encarou. Salu balançou a cabeça.

– Não. Você está errado.

– Estava vindo para cá quando vi o seu filho com ela – informou o homem. – Eu o parei e perguntei o que estava fazendo. Ele disse que queria convidar todos os seus amigos para uma comemoração, e essa mulher, Cozbi, tinha vindo para encorajá-los. Ele disse que ela era filha do chefe dos midianitas. Zur, acho que é o nome dele.

– Convidar os amigos dele para uma comemoração? – Os homens se entreolharam. – O que ele quis dizer com isso?

De forma abrupta, Fineias se levantou e afastou-se da reunião de anciãos. Seu pai, Eleazar, sumo sacerdote e filho de Aarão, o chamou. Fineias não respondeu. Foi até sua barraca e saiu com uma lança na mão.

Calebe se levantou, olhando para ele. O coração acelerado. O filho do sumo sacerdote não olhou nem para a direita nem para a esquerda enquanto caminhava para as barracas da tribo de Simeão. Calebe nunca vira uma expressão de tanto ódio no rosto de um homem, nem mesmo em batalha. Moisés arregalou os olhos. Com uma palavra, Josué estava de pé e seguindo o filho do sumo sacerdote. Calebe estava logo atrás.

– Qual é o problema? – perguntaram os outros. – O que está acontecendo?

Fineias começou a correr, com a lança empunhada. Deu um grito de guerra. As pessoas estavam difusas diante dele.

Calebe e Josué corriam atrás dele, outros vindo ainda mais atrás. Entre as barracas da tribo de Simeão, ouviram-se sons de uma comemoração. Na entrada de uma barraca, havia um círculo de homens e mulheres olhando, agitados, pressionando e se inclinando para ver mais.

– Para trás!

À ordem de Josué, as pessoas se afastaram como se fosse o mar se abrindo, expondo a devassidão que os estava deixando tão animados. Alguns abaixaram a cabeça e correram, entrando em suas barracas para se esconder.

Fineias entrou na barraca. Com um grito alto, colocou um pé de cada lado do casal, que se contorcia em cima de uma esteira, levantou a lança com as duas mãos e abaixou-a com toda a sua força. A moça midianita o vira e gritara. Tarde demais, ela tentou sair de onde estava, embaixo do filho de Salu, ainda com espasmos causados pela paixão violenta. Fineias cravou a lança nos dois, prendendo-os ao chão. O filho de Salu morreu logo, mas Cozbi arranhava e empurrava, chutava e gritava, forçando o pé até que começasse a jorrar sangue de sua boca. Fineias segurou a lança até que não houvesse mais movimento, então a soltou e se afastou, ofegante.

Moisés ordenou que os israelitas ficassem longe do acampamento midianita. Não deveria haver mais nenhum contato com o povo midianita. Eleazar penitenciou aqueles que estavam em silêncio com medo da praga. Quantos ainda morreriam antes que o Senhor tivesse misericórdia deles?

– De hoje em diante – ordenou Moisés ao povo –, tratem os midianitas como inimigos. Matem-nos! Eles nos tratam como inimigos.

O GUERREIRO

Moisés convocou um censo. Vinte e quatro mil tinham morrido com a praga. Ainda assim, os números de Israel tinham crescido desde o primeiro censo diante da Montanha de Deus.

Apenas dois homens da geração de escravos que tinha sido libertada do Egito ainda estavam vivos: Josué da tribo de Efraim e Calebe de Judá.

* * *

– O Senhor quer se vingar dos midianitas! – disse Moisés ao povo. – Deem armas a mil homens de cada tribo e os envie para a batalha. Fineias vai guiá-los para a batalha, levando itens sagrados e trompetes para sinalização.

Alarmado, o povo começou a sussurrar. Doze mil contra centenas de milhares? Eles seriam massacrados!

"Descrentes. Depois de tudo, ainda descrentes."

– O Senhor está conosco! – exclamou Calebe.

– Não temam nenhum homem! – emendou Josué, levantando sua espada.

Depois de anos praticando, os jovens estavam ansiosos por lutar e se provar na batalha. Todos queriam ir. Calebe convocou uma loteria para eliminar todos os que não fossem os mil que Deus escolheria para lutar por Judá. Seus filhos estavam entre esses. Eles estavam prontos, vestidos para a batalha, espadas na mão, protegidos pelo escudo da fé no Deus vivo que eles serviam. Tinham recebido as instruções do Senhor. Agora restava saber se obedeceriam e conquistariam a vitória.

Calebe se viu para trás, junto com os outros líderes da comunidade, Josué entre eles. Nenhum deles estava à vontade com a espera.

Calebe escutou o shofar soar ao longe e, então, os gritos de guerra de doze mil homens entrando em batalha. Seu desejo era correr com esses homens, brandir sua espada, matar os inimigos de Deus. Mas esperou com Josué e com a multidão. Deixe que os jovens sejam testados.

Horas se passaram. Moisés orava. Josué orava. Calebe tentava, mas sua mente estava no meio daquela batalha, mãos cerradas, suor escorrendo. Seus filhos tinham ido para a batalha. Seus filhos!

"Não permitais que eles fracassem, Senhor. Cuidai deles para que permaneçam firmes à Vossa palavra. Cuidai de suas mentes para que permaneçam fixas em Vós. Olhai por eles para que mantenham a fé."

Ele havia esperado quarenta anos para entrar na Terra Prometida. Quarenta anos vagando com os filhos daqueles que se recusaram a escutar o seu relato sobre Canaã.

Mensageiros chegaram. Os midianitas tinham sido derrotados; os cinco reis – Evi, Requém, Zur, Hur e Reba – estavam mortos, assim como Balaam, conselheiro do rei Balaque. Os homens estavam voltando triunfantes.

Calebe percebeu a raiva de Moisés e se juntou a Josué e Eleazar, o sumo sacerdote.

– O que houve de errado?

– Os homens estão trazendo prisioneiros.

Medo tomou conta de Calebe. O Senhor lançaria outra praga sobre eles?

Rebanhos de ovelhas e cabras estavam sendo levados para o acampamento, e Calebe podia ver as carroças cheias de todo tipo de mercadorias saqueadas das cidades e aldeias midianitas.

– Por que vocês deixaram todas as mulheres vivas? – questionou Moisés. – Foram elas que seguiram o conselho de Balaão e fizeram com que o povo de Israel se rebelasse contra o Senhor. Foram elas que causaram a praga que atingiu o povo de Deus. Agora, matem todos os garotos e todas as mulheres que dormiram com algum homem. Apenas as jovens virgens devem viver, e vocês podem ficar com elas.

Todos os que lutaram receberam ordens de ficar fora do acampamento. Deveriam se lavar e lavar suas roupas e tudo que fosse feito de couro, pele de cabra ou madeira. Todo ouro, prata, bronze, ferro e chumbo seria jogado no fogo. Os ídolos e os objetos com algum emblema ou símbolo de deuses pagãos seriam derretidos. Os espólios seriam divididos entre os soldados que participaram da batalha e com o resto da comunidade. Uma em cada quinhentas pessoas, bois, jumentos, cabras e ovelhas foi dada como tributo ao Senhor e colocada aos cuidados dos levitas.

O GUERREIRO

Os filhos de Calebe voltaram para suas barracas com sua parte do saque. Ele os esperava enquanto se aproximavam, o calor queimando seu rosto, cada músculo de seu corpo tenso. Messa e Maressa estavam diante dele com a confiança de soldados que voltaram de uma grande vitória, o que realmente tinha sido. Nem um israelita sequer tinha morrido.

– Trouxemos presentes, pai.

– Não pedi nada. – E ele não queria o que eles tinham trazido para ele.

– O senhor não sente o conforto de uma mulher desde que Jeriote e Efrate morreram.

– E vocês acham que vou pegar uma midianita como esposa? Fui eu quem disse que não era para fazer nenhum negócio com eles!

– Essas moças não são mais midianitas. Pertencem a nós agora. Se não quer se casar com elas, pode pegá-las como concubinas.

– Elas não sabem nada sobre quem somos e pelo que passamos. Nem conhecem o Deus a quem servimos.

– Então, ensine a elas como nos ensinou – sugeriu Maressa.

Messa se aproximou.

– Precisamos aumentar nossos números, pai. E o senhor precisa de uma mulher para isso. – Ele agarrou umas das moças pelo braço e a empurrou para a frente. – Ela é jovem, saudável e não nos causou problema. Faça o que quiser com ela. – Ele a empurrou.

A moça fitou Calebe com olhos arregalados. A expressão dela não relevava em que estava pensando. Pensou nas jovens midianitas rindo e acenando para os homens que treinavam, levando-os embora como a cordeiros para o sacrifício. Vinte e quatro mil morreram porque homens tinham sido facilmente seduzidos para a adoração de Baal. A moça tinha curvas suaves e pele oliva macia. Ela se tornaria uma mulher bonita. Ele colocou a mão na sua espada e a puxou.

A moça abriu a boca, mas não falou nada. Fechando os olhos, ela se ajoelhou e abaixou a cabeça.

– Seria um desperdício matá-la, pai. – Messa não tentou impedi-lo.

– Está zombando de mim?

Calebe tinha oitenta anos.

– Todos aqueles que o chamaram de cachorro estão mortos. O senhor é respeitado por todos que conhece. E é meu pai. Teria nos acompanhado na batalha se Deus o tivesse convocado a isso! – respondeu Messa.

– Moisés disse para poupar as virgens – murmurou Maressa.

Hur estendeu o braço e empurrou outra moça graciosa.

– O senhor merece a melhor.

A segunda moça se ajoelhou diante dele, tremendo.

Messa segurou o braço do pai, que empunhava a espada.

– Elas são suas, pai. Faça bom uso delas para o bem de todos nós.

Sozinho, Calebe estava de pé diante das duas moças, espada na mão. "Castigo ou misericórdia, Senhor? O que faço?"

Ele esperou, ansiando por uma palavra, um sinal, do Senhor.

Ele analisou as duas moças à sua frente. Uma delas, finalmente, levantou a cabeça e olhou para ele. Seus olhos escuros brilhavam com medo, mas ela não implorou pela vida. A outra moça, ainda tremendo violentamente, começou a soluçar.

Calebe pensou nas inúmeras vezes em que Deus havia mostrado sua misericórdia com ele e com o povo. Era apenas um acidente ou circunstância que tinha arrancado essas duas jovens de sua cultura e colocado aqui no meio do povo de Israel? Ou Deus também tinha um plano para elas?

– Sou Calebe. – Ele colocou a mão no coração.

– Calebe. – A moça que estava olhando para ele também colocou a mão no coração. – Maaca. – Ela colocou a mão na cabeça da amiga, que soluçava. – Efá.

– A vida e a morte estão diante de vocês. Se aprenderem as Leis de Deus e obedecerem, viverão.

Maaca franziu a testa, confusa. Abriu as mãos e balançou a cabeça.

Calebe fez uma careta. É claro que ela não entendia a sua língua. Mas precisava aprender a coisa mais importante, com ou sem a barreira do idioma.

– O Senhor – ele falou com firmeza, assentindo, na expectativa. – O Senhor!

Ela entendeu.

– O Senhor – ela repetiu, com um pouco de hesitação; depois, puxou a moça ao seu lado e falou com ela. Então, as duas repetiram juntas:

– O Senhor.

Não era suficiente repetir o que ele tinha falado. Elas precisavam entender que ele não estava falando de si mesmo, mas Daquele a quem elas tinham de aprender a servir. Calebe esticou o braço, apontando para o Tabernáculo, onde a Arca do Senhor ficava escondida no lugar sagrado.

– O Senhor. O Senhor, *Ele é Deus!*

Maaca arregalou seus lindos olhos escuros.

– O Senhor – ela falou, admirada.

A expressão do rosto dela deu esperança a Calebe.

Se aquelas duas moças aprenderem isso, terão aprendido mais do que o povo que vagou e morreu no deserto.

– O Senhor, Ele é Deus.

As duas moças repetiram as palavras de Calebe, que guardou a espada e chamou uma de suas netas. Apontou para as duas moças que seus filhos lhe haviam dado e disse o nome delas.

– Ensine a nossa língua para elas. Depois elas aprenderão a Lei de Deus.

Não teria nada para fazer com elas até que aprendessem.

QUATRO

– Quando vocês atravessarem o rio Jordão para entrar em Canaã, deverão expulsar todos os povos que moram lá.

Calebe se colocou diante da tribo de Judá, escutando Moisés dar as instruções do Senhor. Esse deveria ser um dia de júbilo mas ele se sentia oprimido. Quarenta anos haviam se passado. A peregrinação chegara ao fim. E ele era um homem de oitenta anos. Mas não eram os anos que pesavam: era a responsabilidade por esse povo.

– Vocês devem destruir todas as imagens esculpidas ou fundidas e demolir todos os santuários pagãos. – A voz de Moisés prosseguia. – Tomem posse da terra e se estabeleçam lá, pois lhes dei para ocupar. As terras devem ser distribuídas entre os clãs.

Calebe tinha sido escolhido como o líder da tribo de Judá.

– Se vocês não conseguirem expulsar o povo que vive na terra, aqueles que permanecerem serão como farpas nos seus olhos e espinhos nas suas costas. Eles vão perturbá-los na terra em que vivem. E, então, o Senhor fará com vocês o que planeja fazer com eles!

O GUERREIRO

O tempo passou rápido enquanto Moisés os lembrava das pragas do Egito e dos pecados deles.

– Escute, povo de Israel! O Senhor é nosso Deus, o único Senhor. E vocês devem amar o Senhor seu Deus com todo o coração, toda a alma e toda a força. E devem se comprometer sinceramente com esses mandamentos que estou dando hoje. Repitam-nos para seus filhos. Conversem com eles quando estiverem em casa e quando estiverem longe, viajando, quando estiverem deitados e quando se levantarem de novo. Eles são vida para vocês. Não façam acordos com o povo da terra e não demonstrem misericórdia com eles. Não se casem com ninguém de lá.

Moisés abriu as mãos como se fosse abraçar todos eles.

– Tenho cento e vinte anos e não sou mais capaz de ser seu líder. O Senhor me disse que não cruzarei o rio Jordão.

O povo lamentou e gritou em protesto. Calebe cerrou os dentes, lágrimas escorrendo por sua barba, sua garganta apertada e em chamas. Olhou para Josué, ao lado de Moisés, com o rosto determinado.

Moisés levantou o tom de voz e, por meio dela, veio a voz de Deus.

– *O Próprio Senhor seu Deus seguirá adiante com vocês!*

O povo ficou quieto de novo, lamentando, mas obediente.

– O Senhor destruirá as nações que vivem lá, e vocês tomarão posse da terra. Josué é o novo líder e irá com vocês, assim como o Senhor prometeu.

Eleazar, o sumo sacerdote, ungiu Josué, depois Moisés colocou as mãos sobre ele e o designou para cumprir as ordens do Senhor. Então, levantando as mãos para a nuvem que os cobria, Moisés cantou a história de Israel. Cantou as bênçãos que receberam. E, então, dispensou a congregação.

– Ele se foi. – A voz de Josué estava embargada, o medo brilhando em seus olhos escuros.

– Foi aonde?

– Subiu o Monte Nebo.

Josué chorava como um menino que tinha acabado de perder o pai. Calebe não podia ceder às lágrimas, não se quisesse ajudar Josué.

– Ele vai ver lá de cima toda a terra que Deus está nos dando. Verá de Gileade a Neguev, do Vale do Jordão e Jericó até Zoar.

– Eu tinha essa esperança.

– Nós supúnhamos que Moisés estaria lá. Não entendemos que os únicos homens da nossa geração a entrar em Canaã seríamos eu e você.

– Nunca haverá outro profeta como Moisés. Nenhum homem jamais fará os sinais e maravilhas milagrosos que o Senhor o mandou fazer no Egito!

– Até que chegue Aquele que Moisés disse que viria, Aquele que irá cumprir as Leis.

Mas Calebe sabia o que estava por trás das palavras de Josué.

– O Senhor o designou para liderar o povo de Israel. E você vai fazer isso!

Josué colocou as mãos em cima da cabeça como se quisesse se esconder de Deus.

– Tremo só de pensar.

– Temor a Deus é o começo da sabedoria, meu amigo. – Calebe sentou-se ao lado dele. – Quando o nosso luto chegar ao fim, Deus lhe dirá o que fazer. E, seja o que for, eu estarei ao seu lado.

* * *

Calebe passava a maior parte do dia no Tabernáculo, perto de Josué, que ficava em oração. "Senhor, ajudai-o. Ficai com ele como ficastes com Moisés. Dizei a ele o que precisa saber para nos levar até a nossa herança."

Eles comiam juntos, em silêncio, ponderando os dias que estavam por vir, incertos de como deveriam proceder, por onde começar. Pela primeira vez, Calebe não pressionou o amigo. Esperou, sabendo que chegaria o dia em que o Senhor falaria com Josué como costumava falar com Moisés.

Josué se levantou e ficou parado à porta de sua barraca, fitando Jericó agigantando-se do outro lado do Jordão, imensa, fortificada, um portão fechado para Canaã.

O GUERREIRO

– Traga-me dois homens bons, Calebe. – Ele falou com uma segurança que Calebe ainda não tinha escutado. O Senhor tinha falado com ele! – Homens que não sejam os seus filhos. Vou enviá-los para examinar a terra, principalmente Jericó.

– Sim.

Quando os jovens partiram para realizar sua incumbência, Calebe perguntou:

– O que mais o Senhor lhe disse?

– Seja forte e corajoso. – Josué abriu um sorriso sem alegria. – Ele repetiu isso diversas vezes.

– Todos nós precisamos escutar isso. – Nenhum homem quer estar no meio de um banho de sangue.

– Precisamos ter muito cuidado para obedecer a todas as leis que Moisés nos deu, Calebe. Precisamos seguir tudo que o Senhor diz.

Calebe sabia que Josué meditava sobre as Leis dia e noite.

– Mais alguma coisa?

– O Senhor me prometeu ir comigo aonde quer que eu vá.

O espírito de Calebe levantou voo como um águia, com as asas abertas.

– Onde você estiver, lá estarei!

– Preciso falar com todos os oficiais.

Calebe mandou mensageiros, e os homens vieram logo, prontos para fazer o que Josué mandasse.

– Digam ao povo para deixar tudo pronto. O Senhor disse que, daqui a três dias – ele apontou para o mapa que Moisés tinha preparado –, vamos atravessar o Jordão aqui. Tomaremos posse da terra que o Senhor nosso Deus nos deu.

Até mesmo os rubenitas e gaditas, que tinham pedido para permanecer do lado leste do Jordão, se prepararam para partir e lutar junto com seus irmãos.

– Faremos o que o senhor mandar, Josué. Iremos para onde nos mandar.

Todos trabalhavam e se preparavam com uma precisão adquirida com a prática. Os anos no deserto, observando a nuvem se levantar, se mover e se assentar, haviam treinado o povo a se mover rapidamente quando recebia ordens. A derrota dos reis Seom e Og os encorajou. Balaque, rei de Moabe, bateu em retirada depois que morreram Balaão e os cinco reis de Midiã que ouviram seus conselhos. O povo de Israel estava pronto, ansioso para obedecer às ordens do Senhor e tomar a terra.

Os espiões voltaram com boas notícias.

– O Senhor certamente nos dará a terra toda! Raabe nos contou que todos os homens de Jericó estão morrendo de medo de nós.

– Quem é Raabe?

– Uma prostituta.

Ela os levara para a própria casa e fizera com que prometessem pelo Senhor Deus deles que eles iriam proteger a ela e a sua família da destruição iminente.

O coração de Calebe se apertou. Outro compromisso. E, então, ele pensou em suas duas concubinas e orou. "Senhor, permita que essa mulher, Raabe, aprenda a vos adorar e venerar como Maaca e Efá aprenderam."

– Ela nos protegeu dos homens do rei e nos disse como fugir. Não teríamos escapado vivos se não fosse ela.

Josué não fez mais perguntas.

– Então, vocês terão que se esforçar para cumprir a promessa que fizeram em nome do Senhor. Reúnam o povo amanhã de manhã. Darei as instruções do Senhor.

Quando os homens saíram da barraca, Calebe ficou para trás para o caso de Josué querer discutir os planos e rever os mapas.

Josué se sentou e apontou para que ele fizesse o mesmo.

– Nós atravessaremos o Jordão daqui a dois dias. Não quis falar nada para os oficiais. Ainda não.

Calebe não precisava perguntar por quê. O rio estava em época de cheia, e nenhum israelita sabia nadar nem construir canoas ou pontes.

– Tenho certeza de que o Senhor lhe disse como vamos atravessar.

– Não, não disse. Ele só disse que os sacerdotes vão carregar a Arca, e o povo deve seguir a cerca de um quilômetro de distância.

Sentindo um tremor, Calebe se perguntou o que fariam quando chegassem às margens do rio. E, então, lembrou-se e riu.

– Não tenha medo, meu amigo! Não perca a esperança. – Ele sorriu. – Um rio não passa de um pequeno problema para o Deus que abriu o mar.

* * *

– Reúnam-se!

Calebe acenou para seus filhos, as esposas deles e seus netos. Eles vieram ansiosos. Efá e Maaca estavam entre os membros da sua família agora inseridas, bem aceitas e responsáveis pelos seus atos perante Deus. Ele contou para todos eles sobre o Egito e a escravidão e como o Senhor enviara Moisés para libertá-los. Contou a eles sobre as pragas sobre o Egito e sobre os milagres de proteção que Deus fez pelo Seu povo.

– Vocês escutaram a nossa história dos lábios do próprio Moisés, assim como escutaram de mim. E irão escutar enquanto eu viver. E devem contar aos seus filhos e netos para que eles nunca se esqueçam.

Calebe os fez lembrar dos pecados cometidos que fizeram com que Deus castigasse sua geração.

– O pecado fica à espreita como um leão esperando para devorá-lo. É preciso resistir. É preciso obedecer ao Senhor. Fazer o que quer que ele lhe peça, por mais difícil que seja. – Calebe os lembrou dos pecados que custaram a vida de vinte e quatro mil. – Seus pecados causam a morte daqueles que você ama. Devemos estar sempre olhando para o Senhor. Não apenas amanhã ou até que tomemos posse da terra que Deus nos prometeu, mas *sempre*. Servir ao Senhor com alegria. Fique diante Dele e agradeça! Nossa esperança e nosso futuro estão com Ele.

Seus filhos se aproximaram, olhos em chamas, tensos. Passaram a vida toda se preparando para esse dia.

– Amanhã, vocês vão escutar a Palavra do Senhor pela boca do ungido. Josué nos dirá o que fazer. Obedeçam a ele como obedeceriam ao Senhor.

E assim eles fizeram.

O povo se benzeu. Todos esperaram até que os sacerdotes carregando a Arca estivessem a uns trezentos metros deles, e seguiram. Quando os sacerdotes chegaram ao rio Jordão, entraram nele. Escutaram o som do vento, e a água se afastou, deixando a terra seca onde antes corria água. Os sacerdotes ficaram no meio do leito vazio do rio, segurando a Arca, enquanto homens, mulheres e crianças – mais de um milhão – atravessavam. Quando a nação inteira estava na margem oeste do Jordão, Josué mandou de volta um homem de cada uma das doze tribos, cada um com uma pedra do rio. Ele as empilhou em Gilgal, na fronteira leste de Jericó.

– No futuro, quando seus filhos perguntarem o que essas pedras significam, digam a eles que foi aqui que os israelitas cruzaram o Jordão sobre a terra seca. Pois o Senhor seu Deus secou o rio bem diante dos seus olhos, e Ele o manteve seco até que todos tivessem atravessado, exatamente como fez com o mar Vermelho. Ele fez isso para que todas as nações da terra conheçam o poder do Senhor e para que todos temam o Senhor seu Deus para sempre.

* * *

– Josué não deve ter escutado certo, pai.

– O Senhor mandou que todos sejamos circuncidados, e assim o faremos. Tenho vergonha de não ter pensado em fazer isso anos atrás, quando vocês eram meninos.

– Há quarenta anos ninguém é circuncidado! Deveríamos esperar.

– Esperar? – Calebe fulminou os filhos com o olhar. – Quando Deus dá uma ordem, nós obedecemos. Nós não *esperamos*.

– Seja razoável, pai! Estamos acampados perto de Jericó. Se nos submetermos a essa mutilação agora, não conseguiremos nos defender.

O GUERREIRO

— Mutilação? Você chama um símbolo da aliança entre Deus e nós de mutilação?

— Ele viu a cor sumir do rosto do filho.

— Falei sem pensar. Perdoe-me

— Você precisa do perdão de Deus. — Ele olhou para cada um dos filhos e netos. — Vocês têm medo de uma faquinha na mão de um sacerdote?

Todos balançaram a cabeça, negando terem medo. Shobab riu, de forma autodepreciativa.

— *Sim*, tenho medo.

— Eu também — confessou Calebe.

— O senhor?

— Espero que seja um conforto para vocês saber que seu pai estará na fila da circuncisão amanhã.

Todos começaram a falar ao mesmo tempo. As palavras dele não tinham servido para acalmá-los, só os deixou ainda mais agitados.

— Pai — começou Shobab, sem muito entusiasmo —, Messa está certo. O que vai impedir que os guerreiros cananeus saiam de Jericó e acabem com o nosso povo enquanto nos recuperamos?

— Deus está conosco todos os dias, e você ainda faz uma pergunta dessas? — Segurando a raiva, Calebe falou devagar, baixo e colocando ênfase. — O Senhor é nosso vigia e nossa proteção. Ele vai nos vigiar e proteger. Não temos nada a temer.

Quando as circuncisões terminaram, Calebe se recolheu em sua barraca. Sofrendo com a dor, deitou-se em sua esteira.

Quando a febre tomou conta dele, ele não conseguiu dormir. Agora que tinham atravessado o Jordão, o maná não estava mais caindo do céu. Suas concubinas, Efá e Maaca, sabiam preparar comida com as provisões que a terra oferecia, mas Calebe sentia falta do maná. Da doçura enviada por Deus para eles.

Josué foi vê-lo.

— Não se levante, Calebe.

Exausto por causa da febre, Calebe continuou deitado em sua esteira. Abriu um sorriso fraco.

– Você é um abençoado entre os homens. – Josué tinha sido circuncidado quando bebê. Poucos judeus tinham continuado a prática depois que foram escravizados pelos egípcios. – Como os outros estão enfrentando?

– Melhor do que você, velho amigo.

Calebe segurou a mão estendida de Josué e se ergueu até sentar.

– A juventude tem as suas vantagens. – Estremecendo, ele acenou para dispensar Maaca e caminhou bem devagar para fora. Era a primeira vez em três dias que saía da barraca. Estreitou os olhos por causa da luz do sol. – O Senhor lhe deu o plano dele. Quando e como tomaremos Jericó?

– Amanhã ao amanhecer.

Josué contou a ele o plano de Deus.

Espantado, Calebe repassou o plano.

– Devemos ficar em silêncio?

– Sim.

– Sem grito de guerra.

– Ninguém deve falar nada.

– E, então, marcharemos para cercar a cidade? Só isso?

– Por seis dias. A Arca irá na nossa frente, seguida por sete sacerdotes com shofares. No sétimo dia, eles o tocarão, e nós gritaremos enquanto marchamos em volta da cidade *sete* vezes.

Calebe olhou para os muros de Jericó. Desde que saíram do Egito, ele não via uma cidade tão fortalecida.

– E Deus disse que os muros vão cair?

– Sim.

O plano era absurdo. Ridículo! Nenhum homem em seu juízo perfeito teria pensado em tal coisa.

Calebe riu em exaltação.

– O mundo inteiro ouvirá falar disso. As pessoas irão falar do que Deus fez em Jericó por mais de mil anos!

– Então, você acredita que vai dar certo?

– Claro que acredito. – Calebe parou de rir. – Você não?
– Sim, *eu* acredito. Mas os homens vão acreditar?

Calebe compreendia a hesitação de Josué. Não fazia muito tempo que alguns tinham ido atrás de outros deuses em Peor. Vinte e quatro mil tinham morrido durante a praga que Deus mandou para castigá-los.

– É melhor acreditarem.

Desde a época do Jardim do Éden, a semente da rebelião tinha sido plantada e havia criado raízes profundas no coração dos homens. Era lá que acontecia a verdadeira batalha.

* * *

No primeiro dia de marcha, Calebe se concentrou em colocar um pé na frente do outro. Cambaleava com dor e cerrava os dentes, determinado a dar a volta na cidade e voltar para sua barraca de cabeça erguida. No segundo dia, marchou com menos firmeza e percebeu os soldados nas ameias das muralhas de Jericó olhando para fora. No terceiro dia, alguns zombavam. No quinto, homens, mulheres e até crianças riam e blasfemavam de cima do muro.

Seus filhos e netos não falaram nada quando voltaram ao acampamento, mas era possível perceber a ira deles pela forma como tiraram seus cintos e espadas. Calebe os observou, sorrindo por dentro e agradecendo a Deus. Os dias de sofrimento por causa da circuncisão tinham ficado para trás. Cada dia renovava e aumentava a força deles. E, a cada dia, os cananeus colocavam mais lenha na fogueira que os consumia.

Que aumente. Guardem essa raiva. Guardem até o último dia... o dia do Senhor!

Quando chegou o sétimo dia, Calebe estava cheio de força, seu sangue em brasa. Os homens não marchavam mais em silêncio e com reserva. Batiam com os pés no chão. *Bum! Bum! Bum!* A cada volta na cidade, a tensão aumentava. Os homens nos muros de Jericó pararam de rir. O exército de

Israel marchou sete vezes em volta da cidade, soando os shofares. E, então, eles pararam e viraram para a cidade.

O sopro veio: alto e longo. O coração de Calebe bateu forte; o sangue corria em suas veias. O ar da vingança enchia seus pulmões. Soltou-o com um grito poderoso.

– *Pelo Senhor!* – Milhares se juntaram a ele até que o som fosse ensurdecedor, aterrorizante.

A promessa de Deus estava se realizando diante de seus olhos. As muralhas de Jericó tremiam com o som dos shofares e seus gritos de guerra. E, conforme as muralhas estremeciam e quebravam, os israelitas gritavam cada vez mais alto para o Senhor. As muralhas caíram, pedras e soldados tombando, poeira levantando com seus gritos.

Levantando sua espada no alto, Calebe correu com Josué, e, como um maremoto, milhares e milhares foram com eles, tomando conta da planície, direto para a cidade. A espada em sua mão já tinha sido uma foice, e ele a balançava de um lado para o outro, cortando cananeus como se fossem caules de trigo. Homens, mulheres, jovens e velhos, bois, ovelhas, mulas... nada que respirava sobreviveu.

Ofegante, Calebe estava de pé no centro da cidade conquistada.

– Lembrem-se das ordens. Todo ouro, prata, bronze e ferro são sagrados ao Senhor e devem ser levados para Seu tesouro. Destruam o resto! *Coloquem fogo na cidade! Queimem tudo que estiver nela!*

* * *

Jericó ainda estava ardendo em chamas quando Josué mandou espiões para Ai, a leste de Bete-Áven, onde o ancestral dos israelitas, Jacó, vira a escada para o paraíso e os anjos subindo e descendo. Os espiões voltaram em pouco tempo.

– Não é como Jericó. Não vai precisar mandar todo o nosso povo. Mande dois ou três mil para tomar a cidade. Não há necessidade de cansar o povo por causa de poucos em Ai.

O GUERREIRO

Josué refletiu e assentiu.

– Podem ir e façam isso.

Assim que o mensageiro foi embora, Calebe se debruçou em cima dos mapas que foram feitos depois da primeira visita deles a Canaã, quarenta anos atrás. Josué explicou o plano de Deus para conquistar Canaã.

* * *

– Os homens estão voltando de Ai. – O mensageiro, sem fôlego, estava pálido. – E eles estão trazendo mortos e feridos!

Calebe correu para procurar seus filhos. Shobab estava ferido. Messa chorava.

– Achamos que seria fácil depois de Jericó, mas os homens de Ai nos derrotaram! Eles nos perseguiram do portão da cidade até as pedreiras. Uma flecha atingiu Shobab enquanto ele fugia para as encostas. Nós corremos! – Ele soluçava. – Ardon não resistiu, pai. Ele morreu!

– Meu filho? Meu filho... – Calebe começou a chorar. Como isso podia ter acontecido? Como?

Josué gritou ao escutar as notícias e rasgou suas roupas. Foi direto para o Tabernáculo e se ajoelhou, com a cabeça no chão diante da Arca do Senhor.

Calebe ficou do lado de fora, esperando, tremendo. O que havia dado errado?

O povo começou a se reunir – dez, cem, mil. Aqueles que perderam seus filhos e maridos choravam e jogavam terra em cima de suas cabeças.

Josué saiu poucos momentos depois, com o rosto pálido.

– Nós violamos a aliança com o Senhor.

Calebe gelou.

– Quando? Como? Quem? – O medo tomava conta dele. O que Deus faria com eles? Que praga viria para Israel? Qual seria a retribuição para a infidelidade?

– Alguém roubou coisas que deveriam ser oferecidas ao Senhor, depois mentiu e guardou essas coisas junto com suas posses. Até que isso fique resolvido, não podemos lutar contra nossos inimigos. – A voz de Josué estava cada vez mais alta. – Benzam-se! – gritou ele para o povo. – Apresentem-se diante do Senhor amanhã, tribo por tribo, clã por clã, família por família. Aquele que for pego com as coisas sagradas será queimado, junto com tudo que pertence a ele!

Calebe gesticulou para seus filhos e netos, as esposas deles e suas próprias concubinas voltarem para o acampamento. Analisou cada um de seus filhos e netos. Olhou para suas concubinas. Detestava a sensação de desconfiança que crescia rapidamente dentro dele, a ira e a frustração, o medo de saber que alguém que pertencia a ele tinha despertado a ira de Deus sobre toda a nação. Mas quem ousaria roubar de Deus?

"Deus nos dirá quem é o culpado. E quem quer que seja, morrerá."

"Que não seja um dos meus filhos ou netos."

Ninguém disse nada, mas Calebe viu seus próprios sentimentos refletidos nos olhos deles. Eles olhavam uns para os outros, questionando, se perguntando, com medo. Até que o culpado fosse encontrado, todo mundo seria suspeito.

Ninguém dormiu naquela noite. "Que não seja nenhum dos meus filhos ou netos, Senhor. Que não seja ninguém de Judá."

De manhã, Eleazar, o sumo sacerdote, estava de pé ao lado de Josué enquanto as tribos se aproximavam, uma a uma. A tribo de Rúben passou, depois a de Simeão. Mandaram a de Judá parar. Calebe queria que o chão se abrisse de tanta vergonha. Conforme as outras tribos se afastavam deles, Judá foi avançando, clã por clã. Calebe foi primeiro, seguido por seus filhos, netos, as esposas e concubinas. Ninguém os parou. Mas Calebe não sentiu um grande alívio. *Judá, oh, Judá.*

Líder entre seus irmãos! Você também é líder no pecado?

Os selanitas passaram, depois os perezitas.

Quando os zeraítas se aproximaram de Eleazar e Josué, tiveram de parar. Josué mandou que família por família avançasse.

O GUERREIRO

Calebe observava Eleazar e soube o momento que Deus revelou o culpado: Acã, filho de Carmi, filho de Zimri. Calebe baixou a cabeça e chorou. Acã e Ardon tinham brincado juntos. Tinham treinado juntos, se divertido juntos, ido para a batalha juntos.

— É verdade! Pequei contra o Senhor, Deus de Israel. — Acã falava rápido, andando de um lado para o outro e suando diante de Josué e Eleazar, virando-se para seus irmãos da tribo de Judá. — Vi uma linda túnica importada da Babilônia, duzentas moedas de prata e uma barra de ouro que deve pesar meio quilo. Eu quis tanto que peguei para mim. Estão enterrados embaixo da minha barraca, a prata ainda mais no fundo.

— Vá! — Josué fez um gesto para dois assistentes, que saíram.

Todo mundo esperou até que eles voltassem com a linda túnica colorida e bordada, a prata e o ouro. A prata e o ouro foram entregues a Eleazar, e os sacerdotes os colocaram diante do Senhor.

Josué virou-se para Calebe, com o olhar pesaroso.

— Devemos levar Acã e tudo que pertence a ele para o vale.

Como chefe da tribo de Judá, Calebe obedeceu à ordem. Acã não se rendeu com facilidade.

— Sinto muito! Não queria ter feito isso. Não sei o que aconteceu comigo! São apenas algumas moedas de prata, ouro e uma túnica. Isso é razão suficiente para me matar e matar toda a minha família? Calebe, me ajude. Meu avô e meu pai eram seus amigos. O conselho vai escutá-lo. *Socorro!*

Pesar e decepção alimentaram ainda mais a raiva de Calebe enquanto ele dava um tapa com a parte de trás da mão em Acã, que caiu de joelhos, implorando. Calebe foi tomado pela pena, mas o puxou para ficar de pé. Seu filho Ardon morrera por causa do pecado desse homem. E outros trinta e cinco homens! Calebe pensou nas viúvas e órfãos que ficaram enquanto puxava Acã e o colocava na sua frente. Não escutaria as desculpas dele nem seus pedidos por misericórdia. Fechou os ouvidos para os soluços dos filhos e filhas de Acã enquanto os outros os empurravam atrás de seu pai. Até os animais dele foram levados para o vale, e sua barraca e todos os seus pertences foram colocados à sua volta.

— Poupe meus filhos! — gritava Acã, chorando. — Pelo menos meus filhos, para que meu nome...

— Você nos causou essa aflição. — A voz de Josué soou tão forte que todos que cercavam o pequeno vale escutaram. — Agora, o Senhor vai lhe causar aflição.

Ele pegou uma pedra. Calebe fez o mesmo, apertando-a com força na palma de sua mão suada, os olhos marejados de lágrimas.

Os gritos de Acã e de seus filhos foram abruptamente silenciados. Os animais não morreram com tanta facilidade. Quando todos que respiravam estavam mortos, os restos mortais e todos os pertences de Acã foram queimados. Depois, pedras foram colocadas em cima.

Em silêncio, o povo se dispersou.

Calebe voltou para sua barraca com seus filhos e netos.

Alguns choravam. Outros estavam quietos. Outros ainda questionavam.

Calebe se manteve firme.

— Acã tinha que morrer!

— Sim, mas os filhos dele? — Uma das mulheres chorava. Calebe sentiu cada dia de seus oitenta anos. — Eles sabiam. Você não entende? Todos eles sabiam. Acã enterrou dentro da barraca dele o que roubou de Deus. Você acha que os filhos e filhas dele não sabiam? — Ele abriu os braços. — Eu conseguiria abrir um buraco aqui sem que a minha família visse? Não! Os filhos e filhas de Acã viram o que ele fez e não falaram nada. Eles abandonaram a Palavra do Senhor e seguiram o pai deles. São todos culpados!

— Ele amava Ardon como a um irmão. — Shobab balançou a cabeça. — Eles eram amigos desde crianças. Você ouviu o que ele disse. Não estava pensando direito quando pegou aquelas coisas. Aconteceu no calor da batalha. Ele não tinha a intenção de pecar.

— *Não tenha pena dele!* — Lágrimas escorriam pelo rosto de Calebe. — Acã sabia que tinha pecado. Levou tempo para trazer aquelas coisas escondidas de Jericó. Levou tempo para escondê-las. Ele achou que podia roubar de Deus e ninguém saberia, e Ardon morreu em Ai por culpa dele. Ter misericórdia por ele é se rebelar contra o castigo do Senhor. Pense em Ardon e nos outros trinta e cinco que morreram por causa da ganância de um homem. Agora, estamos sofrendo por causa de Acã. Ele tinha gado e rebanho. Os filhos dele andavam montados nas mulas como se fossem jovens príncipes. Deus deu riqueza a ele. Ele se deu por satisfeito? Não! Ele foi agradecido? Não! – Ele cuspiu, enojado. – Seu irmão e os outros morreram porque Acã queria uma túnica, algumas moedas de prata e uma barra de ouro!

Por quarenta anos, ele tinha ensinado e aconselhado seus filhos e netos. Eles ainda não compreendiam?

– Vocês *têm* de obedecer ao Senhor. O que Ele falar, vocês têm de fazer. Deus nos deu as Leis para nos proteger, para nos ensinar a viver com honra diante Dele. A batalha pertence ao Senhor. Devemos ser santos como Ele é santo!

– Como podemos fazer isso, pai? – Hur, o único filho da amada Efrate, aproximou-se. – O senhor sabe que nós o amamos e respeitamos. – Ele estendeu as mãos. – Todos nos esforçamos para fazer o que nos pede, pois sabemos que o senhor vive segundo a Palavra de Deus. Mas quero saber, pai. Como podemos ser santos como Deus? Como podemos seguir todas as leis que nos foram dadas? Eu tento. Deus sabe que tento. Mas não consigo.

Calebe viu a aflição nos olhos do filho. Viu que os outros também estavam aflitos.

– Sim. – Ele expirou devagar. – Sim, todos nós falhamos. Ele bateu com os punhos no peito. – Mas, aqui dentro, nós lutamos para fazer o que o Senhor deseja. Precisamos lutar contra as nossas vontades! – Havia muito tempo que eles não o escutavam com tanta atenção quanto agora. – A batalha ainda não acabou. A batalha é dentro de nós, sempre dentro de nós.

Acã tinha sido castigado com justiça, e agora eles tinham de esquecer a tristeza e as perdas e seguir em frente, com Deus!

– Tem uma ordem que vocês nunca podem se esquecer, meus filhos: amem o Senhor com todo o coração, alma, mente e força. Se puderem fazer isso, Deus mostrará a vocês que tudo é possível com Ele. – Calebe estendeu as mãos. – Repitam comigo. – E eles repetiram. – De novo. – Eles repetiram mais alto. – *De novo.* – E eles gritaram. – Repitam isso todos os dias pelo resto de suas vidas e sigam essa palavra.

Baixando a cabeça, Calebe fez uma prece para abençoá-los.

* * *

– Façam uma emboscada atrás da cidade e fiquem preparados para atacar. – Josué apontou para o mapa. Calebe estudou as marcações para saber onde deveria ficar com os homens. Josué se endireitou. – Quando nosso exército principal atacar, os homens de Ai virão lutar como fizeram antes, e nós fugiremos deles. Vamos fazer com que corram atrás de nós até que saiam da cidade. Eles dirão que os israelitas estão fugindo deles como antes. Então, vocês pularão da emboscada e tomarão a cidade, pois o Senhor seu Deus a dará para vocês.

– E quando a cidade estiver nas nossas mãos?

– Coloquem fogo na cidade, como o Senhor mandou. Vocês já receberam as ordens.

Calebe levou os homens à noite até a posição atrás da cidade. Eles esperaram até de manhã cedo, quando um mensageiro relatou que Josué tinha reunido seus homens e estava se aproximando. De sua posição, Calebe podia ver o exército de Josué se aproximando da cidade e se colocando em formação diante dela, acampando ao norte de Ai, com um vale entre eles e a cidade. Com os cinco homens de Calebe a oeste da cidade, os soldados de Ai ficariam encurralados no vale, sem ter como escapar.

Escutaram gritos quando os soldados de Ai saíram pelos portões, correndo atrás de Josué e seu exército na direção do deserto. Calebe estalou os dedos e vários mensageiros se abaixaram.

O GUERREIRO

– Os soldados de Ai estão atrás de Josué. Alerte os homens!

Os soldados de Ai correram pelo vale, deixando os portões da cidade abertos e desprotegidos. Ao ver Josué, Calebe esperou, com os dentes cerrados, pelo sinal. Que veio logo. Josué apontou na direção de Ai com sua lança.

– Agora! – exclamou Calebe e se levantou. Seus subordinados o seguiram subindo a encosta e atravessaram os portões da cidade. O povo gritava e corria, mas não chegaram longe. – Incendeiem a cidade. Rápido! – Fogo foi ateado nos prédios que ficaram em chamas, fumaça subindo pelo céu. – À batalha! – Calebe instruiu seus homens. Os guerreiros de Ai estavam voltando do vale, mas não conseguiram escapar, pois cinco mil israelitas estavam bloqueando o caminho. – *Pelo Senhor!* – Com a espada levantada, Calebe correu na direção dos soldados de Ai.

– Pelo Senhor! – responderam milhares de homens.

O vale ficou como uma tigela de sangue. Todos os soldados de Ai morreram ali. Josué pegou o rei de Ai e o pendurou em uma árvore até de noite, depois mandou que o corpo dele fosse jogado na cidade em chamas.

Eles construíram dois altares de pedras, um no Monte Ebal e outro no Monte Gerizim.

– Reúnam o povo.

Quando todos os homens, mulheres, crianças e estrangeiros que viviam entre eles se aproximaram, Josué leu a lei que Deus pedira que Moisés escrevesse. Sem faltar nem uma palavra.

Todos que estavam de uma montanha à outra escutaram com clareza as bênçãos e maldições. Ninguém poderia dizer que não escutou os avisos do Senhor do que aconteceria se os homens não lhe obedecessem.

* * *

– Quem são vocês? – Calebe estreitou os olhos ao analisar a delegação de homens maltrapilhos, suas mulas carregadas com sacos velhos e odres rachados e remendados. – De onde vocês vieram? Pelo jeito, de muito longe, a julgar por suas sandálias remendadas.

– Somos seus servos. Viemos fazer um acordo com vocês.
Alguns homens mais jovens tinham vindo ver o que estava acontecendo.
– Eles podem viver perto de nós. Como podemos fazer um acordo com eles?
Eleazar levantou as mãos.
– Deixem que falem!
Josué os analisou.
– Quem são vocês e de onde vêm?
– Somos seus servos. Viemos de um país muito distante por causa da fama do Senhor seu Deus. Escutamos relatos sobre Ele e tudo que Ele fez no Egito, e o que Ele fez com os reis amorreus Seom e Og no Jordão. Nossos anciãos nos disseram para pegar provisões e vir nos encontrar com vocês. – O porta-voz colocou a mão em sua bolsa. Calebe puxou a espada. Vários outros fizeram o mesmo. O homem arregalou os olhos. – Só quero mostrar a vocês o que sobrou das nossas provisões.
– Afaste-se. – Calebe se aproximou e olhou dentro da bolsa.
– Esse pão estava quente e fresco quando saímos da nossa casa. – O homem colocou a mão no odre. – E esses estavam cheios e novos.
Calebe pegou um pedaço do pão. Depois de colocar na boca, cuspiu.
– Seco. Mofado.
Mas ainda não confiava neles.
– Faremos um acordo com vocês.
Josué e a maioria dos anciãos concordava. Calebe não era tão facilmente convencido.
– O Senhor disse para não fazermos acordos.
– Sim. – Josué estava ficando impaciente. – Mas não podemos julgar e aniquilar os outros tão rápido. O Senhor disse para não fazermos acordos com aqueles que estiverem na terra. Esses homens são de um país distante. Não temos razão para lutar com eles.
– Então, por que sinto um desconforto aqui dentro?
Josué deu um tapa nas costas dele.

O GUERREIRO

– Talvez seja o pão que você comeu.

Outros riram, amigos de longa data. Vencido, Calebe ficou em silêncio.

A delegação foi embora logo depois que o acordo foi feito. Três dias depois, os guerreiros israelitas enviados para a terra voltaram, com os rostos vermelhos e furiosos.

– Eles são hivitas de Gibeão! Aquelas roupas eram uma farsa. Nós não atacamos porque assinamos um acordo com eles.

Calebe explodiu, furioso.

– Eles nos enganaram!

– Eles me enganaram. – Josué estava pálido, mortificado. – Eu não perguntei ao Senhor. Fiz o que achei certo.

– Bem, é melhor orar agora, meu irmão, porque estamos encrencados. O povo não está feliz com o que fizemos.

O povo reclamava.

– Deus disse para não fazermos acordos com essas pessoas!

– Em que vocês estavam pensando?

– Eles serão uma pedra no nosso sapato a partir de agora!

Os líderes discutiam entre eles sobre o que fazer.

– *Eles mentiram!*

– Não devemos nada a eles!

A tribo de Simeão estava sedenta de sangue.

– Acho que devemos marchar até as cidades deles e matar cada um deles!

Os representantes das outras tribos estavam tão ávidos quanto eles por vingança.

– Foi o que o Senhor nos disse para fazer desde o começo.

Josué balançou a cabeça.

– Devemos manter nossa palavra.

Calebe escutava enquanto os outros falavam todos ao mesmo tempo. Estavam com medo, e com razão. O povo estava irado e culpando-os.

– Fiquem quietos! – ele falou alto, e os outros se calaram. – Nós cometemos um erro ao não perguntar a Deus quem eram aqueles homens. Não podemos cometer outro erro. Meu coração clama por vingança assim como o de vocês, mas vingança pertence ao Senhor. Escutem Josué!

Eles esperaram para que o escolhido de Deus falasse.

– Nós juramos pelo Senhor, Deus de Israel, e não podemos tocar neles agora. Se quebrarmos nosso juramento, despertaremos a ira de Deus sobre nós.

– Então, o que faremos com eles?

Josué mandou o povo se acalmar e explicou os caminhos do Senhor. Então, convocou os gibeonitas.

– Por que vocês mentiram para nós?

– Fizemos isso porque soubemos que o Senhor seu Deus instruiu seu servo Moisés a conquistar toda essa terra e destruir todos os povos que moram aqui. Então, temosos por nossa vida. Foi por isso que mentimos. Agora estamos à mercê de vocês; façam o que acharem certo.

O que acharem certo. Calebe estava fervendo. Essas pessoas sabiam que o acordo não podia ser quebrado sem invocar a ira de Deus. Os gibeonitas contavam com isso.

O povo começou a reclamar. Dava para sentir a onda de fúria até que Josué lembrou a eles que o Senhor cobraria o juramento que fizeram. Ele encarou os assustados gibeonitas.

– Vocês estão amaldiçoados. De hoje em diante, serão lenhadores e carregarão água para a casa do meu Deus.

Eles fizeram uma reverência e saíram.

O acampamento estava tranquilo naquela noite.

Os inimigos de Deus teriam lugar na terra por gerações.

* * *

Convocado por um mensageiro, Calebe correu para a barraca de Josué. Só de olhar para o rosto do amigo, soube que tinha alguma coisa errada.

– O que houve?

O GUERREIRO

— Os gibeonitas mandaram avisar que precisam da nossa ajuda. Os reis amorreus de Jerusalém, Jarmute, Laquis e Eglom se juntaram contra eles.

— Já é ruim o bastante ter que deixar essas pessoas viverem; agora temos de defendê-los?

Eles reuniram todo o exército israelita e marcharam a noite toda para proteger Gibeão. De manhã, pegaram os exércitos inimigos de surpresa.

— Olhem — disse Calebe —, o Senhor está conosco.

O inimigo estava confuso, dando trombada uns nos outros, na pressa de fugir. A batalha se alastrou.

— Josué! Josué! — Um jovem guerreiro arfava diante dele. — Os reis! Vi os cinco entrarem em uma caverna.

— Rolem grandes pedras até a entrada da caverna e coloque guardas lá. Não parem de lutar! Corram atrás dos inimigos. Ataquem-nos e não deixem que cheguem às suas cidades.

Frustrado, Calebe avaliou os números e a configuração da terra. Não tinham horas suficientes no dia para concluir a tarefa que Deus havia dado para eles. Foi atrás de Josué, que estava no monte mais alto, supervisionando a batalha, e contou suas preocupações.

— Não teremos tempo de acabar com eles. O sol já está alto!

Josué compartilhava a agitação do amigo.

— Precisamos de mais tempo! Mais tempo! — Ele levantou as mãos e clamou em voz alta: — Permita que o sol continue brilhando em cima de Gibeão, Senhor, e a lua no vale de Aijalom!

Eles entraram na batalha. Enquanto Calebe brandia sua espada de um lado para outro, os amorreus caíam diante dele como caules de trigo diante de um ceifador. Ele continuou derrubando qualquer homem que se colocasse em seu caminho, até que perdeu a conta de quantos matou. Seu braço não enfraqueceu, e o sol parecia continuar alto! Mas como podia ser? As horas passavam, e o sol continuava bem no meio do céu, brilhando sobre o campo de batalha.

— O Senhor! O Senhor, Ele está conosco!

Exultante, Calebe deixou que a chama dentro dele ardesse. Com certeza, todas as nações veriam que o Senhor Deus de Israel tinha poder não apenas sobre toda a criação, mas também sobre o tempo. Ninguém podia lutar contra Deus e vencer!

Os amorreus fugiram, e Calebe e Josué levantaram suas espadas.

– Atrás deles!

Os israelitas foram atrás do inimigo até Bete-Horom, mas, antes de alcançá-los, o Senhor lançou dos céus pedras de granizo do tamanho de um punho. Calebe viu os homens sendo atingidos na cabeça e nas costas, caindo no chão. Corpos feridos e ensanguentados cobriam a estrada. Muitos estavam espalhados pelo caminho, de forma que Calebe soube que o Senhor tinha matado muito mais homens com o granizo do que ele e os outros tinham matado com a espada.

O exército acampou em Maqueda, e relatos começaram a chegar de capitães.

– Os amorreus foram destruídos. Poucos conseguiram voltar para suas cidades.

Agradecido por Deus ter dado a eles mais um dia inteiro de sol para lutar, Calebe ainda não estava satisfeito com o resultado.

– E esses que escaparam serão uma pedra em nossos sapatos se não formos atrás deles e destruí-los.

– Os reis estão presos na caverna – recordou Josué.

Deram a ordem de abrir a caverna e tirar os reis. Quando um contingente obedeceu, os reis apareceram, piscando por causa da luz do sol. Por causa das vestimentas elegantes e dos planos grandiosos de aniquilar Israel, eles foram jogados no chão, na frente de Josué. Ele chamou os comandantes.

– Pisem no pescoço desses reis.

Calebe acenou para que Messa pisasse no pescoço de Adoni-Zedeque, rei de Jerusalém.

– Não tema esses homens. – Josué puxou sua espada. – Eles fugiram da batalha e se esconderam em uma caverna. – Um a um, ele acertou e matou.

– Pendurem-nos em árvores até de noite – ordenou ele. – Depois joguem seus corpos na caverna. Amanhã, tomaremos Maqueda!

O GUERREIRO

Todos levantaram suas espadas e deram gritos de triunfo.

Mas Calebe se perguntava por que não estavam falando sobre o que o Senhor tinha feito naquele dia. Josué não falava de nada além disso, e o coração de Calebe cantava de felicidade. Mas e os mais jovens, os capitães e comandantes? Deus dera maná e água para o povo no deserto durante quarenta anos. Durante todo esse tempo, suas roupas e sapatos não ficaram gastos. A presença e a proteção de Deus estiveram com eles na forma da nuvem e do pilar de fogo. Será que todos eles tinham se acostumado tanto com milagres que o fato de o Senhor parar o sol parecera sem importância?

Calebe refletiu sobre isso nos dias a seguir. A vitória pairava no ar. A Terra Prometida exalava seu cheiro doce de árvores cheias de frutas, campos de grãos, vinhedos e oliveiras. Mas o único objetivo deles era tomar a terra?

"Senhor, não deixeis que fiquemos complacentes. Não deixeis que nos acostumemos com milagres dos quais não conseguimos reconhecer e que sempre sejamos gratos pelo que Vós fazeis por nós. Às vezes, Vós sois tão vasto, Vossos caminhos tão incompreensíveis, que não conseguimos ver o Senhor. E Vós estais aqui. Vós estais sobre nós e atrás de nós. Vós seguis na nossa frente e atrás de nós. Vós exalais vida em nós.

Não deixeis que nos esqueçamos que não passamos de pó sem Vós, apenas palha que é levada com a mais leve brisa que nos atinja."

* * *

Maqueda caiu, e os israelitas não deixaram nenhum sobrevivente. Libna, Laquis, Eglom, Quiriate-Arba e Quiriate-Sefer tiveram o mesmo destino. A ordem do Senhor de destruir tudo que respirava foi obedecida. Mas alguns fugiram para o norte e para o litoral.

Os amorreus, heteus, ferezeus, jebuseus e heveus juntaram suas forças nas Águas de Merom.

– Eles têm um exército enorme! – Os olhos do espião estavam escuros de medo. – E milhares de cavalos e carruagens. São muitos para nós...

– Quantos são muitos para o Senhor, Parnaque? – Calebe abaixou o pano que servia de porta da barraca. – Você está dispensado.

O jovem ficou corado e saiu correndo.

– Talvez nós devamos repensar nossos planos de batalha – sugeriu Josué.

Nossos planos de batalha? Josué parecia cansado. Todos estavam. Estavam lutando havia meses, tomando uma cidade após a outra, matando milhares com a espada.

– Nós nunca lutamos seguindo o *nosso* plano de batalha, Josué. Você sabe disso melhor do que ninguém. Pergunte ao Senhor. Ele nos dirá o que fazer.

– Quantas vezes o Senhor precisará me dizer "não temas" até que eu não tema?

Calebe franziu a testa.

– Você não é um covarde, Josué.

Josué soltou uma gargalhada sarcástica.

– O Senhor não pensa assim.

– Se você é covarde, somos todos covardes. Não tem um homem entre nós que não tema, meu amigo. Homens corajosos fazem o que o Senhor manda, apesar de seus medos. Como você tem feito, e fará de novo se o Senhor mandar.

– Você é o homem mais destemido que conheço, Calebe. Nunca o vi hesitar, nem mesmo ao matar mulheres e crianças.

– Porque temo mais a Deus do que os homens. Mas passo mal depois de todas as batalhas.

– Acho difícil acreditar nisso.

– Pergunte a Maaca. Pergunte a Efá. – Era difícil matar mulheres e crianças. – Preciso me lembrar constantemente do que vi naqueles quarenta dias em que viajamos por esta terra como espiões. Lembrar-me das festas, da devassidão, da perversão, da forma como sacrificavam as crianças aos deuses. Até mesmo as crianças copiavam o que viam os pais fazendo. Nós contamos a eles histórias do nosso Deus, como Ele destruiu o Egito com pragas, como Ele sustenta Seu povo. Eles mudaram? Quando fomos a Jericó, o que vimos além de altares iguais aos que vimos em Canaã? Raabe disse que o povo tinha medo de nós, mas eles temem a Deus? Não! Quarenta anos, Josué. O Senhor é misericordioso com aqueles que se arrependem e pedem perdão a Ele. Essas pessoas fizeram isso?

Calebe fechou as mãos em punhos.

– Preciso me lembrar de todas essas coisas toda vez que empunho a minha espada. Preciso me lembrar do que Deus exige de mim. Todos precisamos nos lembrar de que Deus está do nosso lado. Contanto que obedeçamos à Palavra Dele, Ele irá nos proteger e nos dar a vitória. Contanto que obedeçamos.

– Isso fica atormentando a minha mente. Por quanto tempo nosso povo vai obedecer? Nós sabemos que seus corações são facilmente seduzidos.

– E é exatamente por isso que o Senhor nos mandou nos livrar desses povos, para ser um flagelo e limpar a terra. Nós erramos com os gibeões, Josué. Não podemos cometer esse erro de novo.

Os olhos de Josué brilharam.

– Não cometeremos. Não enquanto eu viver. Eu perguntarei ao Senhor, e nós seguiremos as Suas ordens.

Calebe sorriu.

– Tem uma força nessas batalhas, Calebe, como uma grande pedra rolando montanha abaixo. Os cananeus, amorreus e todos os outros fugiram diante de nós porque Deus endureceu seus corações. A oportunidade deles de se arrepender passou. E Deus está nos usando para castigá-los.

– Sim, Josué, mas não devemos nos esquecer de que podemos ter o mesmo destino deles se nos virarmos contra o Senhor.

Deus havia dito que os amaldiçoaria e que seriam derrotados pela espada e espalhados pela face da terra.

* * *

– *Pelo Senhor!*

Calebe levou o exército de Judá para a batalha das Águas de Merom. Josué estava à frente das divisões de Israel. O exército dos amorreus, heteus, periseus, jebuseus e heveus caiu diante da ferocidade enquanto o Senhor os entregava na mão de Israel. Os aliados se separaram, recuando.

Calebe derrubou todos aqueles que se colocaram contra ele. Seus braços iam de um lado para o outro, cortando qualquer amorreu ou heteu que atravessasse seu caminho. Viu outros correrem.

– Atrás deles! – ordenou ele, e os hebreus foram.

Corpos estavam espalhados por todo o caminho para Grande Sidom, Misrefote-Maim e vale de Mispa, a leste. Cavalos mutilados relinchavam. Charretes queimavam. Uma a uma, as cidades caíram. Os israelitas seguiram a ordem de não deixar sobreviventes. Eles deixaram os lugarejos e cidades desabitados e seguiram para Hazor e rei Jabim, o homem que tinha reunido as outras nações contra Israel. E a cidade caiu.

– Aqui está ele! – Calebe jogou o rei Jabim aos pés de Josué.

Quando o rei amorreu tentou se levantar, Calebe pisou nas suas costas.

– Vamos esperar – Josué puxou sua espada – até que cada homem, mulher e criança sob seu domínio tenha sentido a ira do Senhor.

Quando a cidade ficou em silêncio, Josué puxou sua espada.

– Pelo Senhor. – Ele cortou Jabim com um golpe poderoso. Calebe estava perto o suficiente para que sangue do rei amorreu respingasse nele.

Os homens comemoraram a vitória.

– Hazor tem muros fortes, boas casas e cisternas.

Calebe sabia o que eles estavam pensando. Depois de anos morando em barracas, como seria fácil mudar para essas casas e viver no conforto! Ele não tinha sentido a mesma tentação? Mas havia outras coisas a considerar.

– Tem um altar para Baal no centro e uma coluna de Aserá. Não entrei em uma única casa em que não houvesse algum tipo de ídolo.

O representante de Simeão fitou Calebe.

– Podemos atear fogo em tudo, como fizemos antes.

O GUERREIRO

O gado mugia, e as ovelhas baliam ao serem levadas para o vale. O rebanho de Israel estava crescendo após cada batalha. Nem em sonhos eles tinham imaginado a riqueza que Deus dera a eles.

Calebe pensou no sangue no altar, no centro de Hazor.

– O que o Senhor diz sobre *essa* cidade?

Josué se afastou deles. Quando um dos homens tentou seguir, Calebe o impediu.

– Deixe que ele pergunte ao Senhor.

Os comandantes começaram a falar todos ao mesmo tempo. Estava claro o que eles queriam.

Calebe tentou acalmar sua impaciência.

– Jabim reuniu as nações contra nós.

– Jabim está morto!

– Sim, eu sei que ele está morto. E Hazor é um monumento à sua rebelião.

– Daremos outro nome à cidade. Podemos queimar todos os ídolos e derrubar a coluna de Aserá e os altares a Baal.

– Devemos trazer nossos filhos para viver em uma cidade construída com base no pecado?

– Você derrubaria todas as cidades, Calebe. Você é um destruidor!

– Eu vi o que eles faziam naqueles altares. Nunca me esqueci nesses quarenta anos.

– Nós não vimos, Calebe. Não somos amaldiçoados com essas lembranças. Podemos...

– Fiquem quietos! – mandou Calebe. Josué estava voltando. – O que o Senhor quer que seja feito, Josué?

Josué veio na direção deles, os olhos inflamados de raiva.

– Queimem. O Senhor disse para queimar. *Não deixem nada de pé!*

Calebe gritou a ordem. Homens correram para obedecer, derrubando os portões e ateando fogo neles. O fogo crepitante enchia o ar com fumaça.

Calebe andou pela cidade, certificando-se de que as casas estavam incendiadas. Ordenou a vários homens que o ajudassem a tombar uma coluna de Aserá. O fedor de carne queimada encheu suas narinas até que se sentisse nauseado.

Ao sair, ele respirou ar puro e agradeceu a Deus por afastá-los da tentação. Hazor já era um lugar de morte muito antes de a ira de Deus levar os israelitas para os portões da cidade.

* * *

Calebe limpou o sangue de sua espada, então começou o lento trabalho de afiá-la. Quantos homens ele havia matado nos últimos três anos? Quantos mais ele mataria antes que os inimigos de Deus fossem retirados de Canaã? Passou a pedra pela lâmina em um único e gentil movimento. Tivera um encontro com Josué na noite anterior e viera embora sombrio, mas determinado.

– O Senhor me disse que ainda há grandes extensões de terra para serem conquistadas – Josué lhe dissera.

– Que áreas?

– Todas as regiões dos filisteus e gersuritas; desde o rio Sior a leste do Egito até o território de Ecrom ao norte.

– Gaza e Asdode?

– Sim, e Ascalom e Gate, também. Desde o sul, todas as terras dos cananeus, de Ara dos sidônios até Afeque, onde os amorreus ainda vivem, a área dos gibleus e todo o Líbano até o leste, de Baal-Gade, ao pé do Monte Hermom até Lebo-Hamate.

Os anos se estendiam diante de Calebe. Algum dia ele lavraria o solo e plantaria uma semente de novo? Veria suas plantações crescerem? Não sabia responder.

Josué apontava enquanto falava.

– O próprio Senhor expulsará os sidônios das regiões montanhosas do Líbano até Misrefote-Maim. Essa terra será alocada como herança e dividida entre as nove tribos e metade da tribo de Manassés.

Conforme a luta continuava, os israelitas iam tomando posse de Canaã, dividindo a terra de acordo com as fronteiras determinadas pelo Senhor. As tribos de Rúben e Gade receberam sua herança, seus clãs e famílias se estabelecendo na área tomada de Seom e Og. A tribo de Rúben ficou com as cidades da planície e a área que antes era dominada pelos amorreus em Hesbom. A fronteira era o rio Jordão.

Gade recebeu todas as cidades de Gileade e metade do país dos amonitas até Aroer. O território deles se estendia até o final do mar da Galileia. O território de Manassés incluía Basã e todos os assentamentos de Jair. Sessenta cidades!

Deus designou as outras heranças, e as áreas foram demarcadas em um mapa. O lote de Judá ficava no coração de Canaã, incluindo a montanha onde Abraão levou Isaque para oferecê-lo ao Senhor em obediência à ordem de Deus, mas o Senhor segurou a sua mão e a afastou do rapaz e Ele próprio ofereceu outro sacrifício.

– Você está bem, Calebe?

– Estou ficando velho.

O rosto de Josué se abrandou.

– Nosso dia vai chegar, meu amigo.

– Vai mesmo?

Calebe abaixou a cabeça, envergonhado. Quem era ele para questionar Deus? "Perdoai-me, Senhor. É só que..." Ele impediu o pensamento. "Perdoai-me!" Lutou contra o desespero que tomava conta dele. Passara quarenta anos vagando pelo deserto por causa da falta de fé de sua geração. E agora estava passando seus últimos anos lutando uma guerra e distribuindo a terra para os filhos desses mesmos homens cujos pecados o mantiveram afastado da Terra Prometida por todos esses anos. O Senhor manteria Suas promessas, mas isso não significava que seria como Calebe esperava.

Canaã era uma terra de montanhas e vales, pastos e córregos sinuosos. Flores perfumavam o ar, e abelhas zumbiam ao fazer o mel, enquanto vacas, bois, ovelhas e bodes pastavam nas montanhas e engordavam, dando muito leite e carne. As oliveiras estavam carregadas de frutos, do mesmo modo que as árvores de damasco, romã e palmeiras. Vinhedos se espalhavam pelo solo, carregados de cachos grandes o suficiente para alimentar uma família. A terra do leite e do mel!

Tudo que o Senhor dissera se tornou verdade. A riqueza de Canaã fazia a cabeça de Calebe girar com sonhos e anseios com os quais ele sabia que não podia conviver, pois o Senhor ainda não o liberara de seu chamado para ficar ao lado de Josué. Precisava travar a luta contra os adoradores de ídolos que poluíam o paraíso que Deus tinha criado.

Não deveria questionar.

Mas às vezes a dor em seu coração parecia não passar. "Senhor, Senhor, me ajude!"

– O Senhor vai cumprir Sua promessa, Calebe.

– Ele já cumpriu. O Senhor prometeu que eu entraria em Canaã. E ele cumpriu Sua promessa. – Ele desviou o olhar para que Josué não visse as lágrimas enchendo seus olhos. Abaixando o queixo, ele pigarreou baixinho e esperou um momento antes que pudesse confiar na sua própria voz. – Deus não disse que eu voltaria a plantar.

CINCO

– Quando vamos chegar à *nossa* terra, pai? Quanto tempo ainda temos que lutar e assentar os outros até que tenhamos a nossa herança?

Calebe vinha lutando com essas mesmas perguntas no último ano. Não adiantava se juntar aos seus filhos nessa mesma reclamação. Josué ainda não o tinha liberado.

– Nossa hora vai chegar.

– Quando?

– Quando Josué disser que chegou a hora.

– Josué nunca vai dizer isso, pai. Ele precisa do senhor!

– Não seja tolo. Josué não *precisa* de mim. O Senhor está com ele.

– Ele nunca vai liberá-lo, pai. Só quando pedir a ele.

Era isso que eles pensavam?

– Eu e Josué nos mantivemos firmes, juntos, contra a geração infiel. Estamos juntos agora. Ele fala pelo Senhor. – Franzindo a testa, ele observou o filho Hur se servir de mais vinho. Talvez o excesso de vinho estivesse causando essa impaciência neles. – Meus filhos... – Calebe falou com gentileza, esperando conseguir apagar as faíscas que poderiam facilmente se transformar em uma chama. – Podemos ser doze tribos, mas, lembrem-se, somos todos filhos de Jacó. Precisamos trabalhar juntos para conquistar nossa terra. Juntos, somos fortes no Senhor. Divididos, somos fracos.

– Eu sei. – Uma voz falou com atrevimento. – Precisamos esperar o Senhor.

– Psiu, Hebrom! – Jeser o fitou com olhos furiosos. – Quem é você para nos lembrar do Senhor?

O rosto de Hebrom ficou vermelho, mas ele era inteligente o bastante para não começar uma discussão. Calebe analisou seu jovem neto. Pelo menos, dentre esses leões, havia um com o coração em Deus.

– As palavras de Hebrom são sábias.

– Hebrom fala como um garoto que tem a vida toda pela frente. – Os olhos de Jeser faiscavam. – E o senhor, pai?

– Ah. Então você reclama por mim? – Ele riu deles. – Estão querendo um túmulo? Um lugar para enterrar meus ossos?

– Nós já esperamos muito tempo!

Os outros concordaram.

– As tribos de Manassés, de Rúben e de Gade ainda não tiraram o inimigo das suas terras. Quando eles conseguirem...

– Quando eles conseguirem? – Messa se levantou, impaciente. – Eles nunca vão conseguir.

O rosto de Calebe ficou quente.

– Você está falando mal dos seus irmãos. – A cada ano que passava, a sua própria impaciência crescia. Não precisava que seus filhos acendessem a chama do pecado.

– Falo a verdade, pai, e o senhor bem sabe disso.

Os outros filhos entraram na discussão.

– As outras tribos não estão ansiosas para nos ajudar.

– Eles deram a palavra deles – lembrou Calebe, de forma ríspida. – E Deus os fará cumprir.

O GUERREIRO

– Eles querem voltar para seus gados e rebanhos do outro lado do Jordão.

– Se Moisés não os tivesse feito jurar, eles não estariam nos ajudando. E só fizeram o juramento porque sabiam que, se não fizessem, morreriam.

– Eles estão divididos, olhando para o outro lado em vez de se comprometerem totalmente com a batalha diante de nós.

– Judá é um leão, e o senhor é o maior leão de todos, pai. Por que temos de ser a última tribo a receber a herança?

– *Basta!* – Seus filhos ficaram em silêncio ao perceber a raiva na voz dele. Calebe cerrou os dentes e expirou devagar antes da falar. – Vocês me chamam de leão; assim, preciso controlar esse orgulho. *Escutem. Todos vocês.* – Ele esperou até ter a atenção total deles e falou devagar, mas com fervor. – Temos de encorajar os outros a cumprirem a Palavra do Senhor. Temos de livrar a terra de todo pagão. Se não conseguirmos fazer isso, os cananeus, amorreus, hititas e os outros ainda estarão aí por muitas gerações!

– Nós vamos expulsá-los de nossa terra, pai. Vamos matá-los!

– São essas outras tribos que parecem não ter a intenção de terminar o trabalho. – Messa se aproximou de Calebe, com os olhos cheios de ira. – Se esperarmos, ficaremos sem nada.

Calebe agarrou Messa pelo pescoço. Messa segurou o punho do pai, mas não conseguiu se soltar. Calebe enterrou os dedos até que os olhos de Messa revirassem para trás, então soltou. Messa arfou, tossiu.

– Se falares de rebelião contra o Senhor de novo, eu o mato. – Calebe afastou o olhar de Messa e olhou para cada um de seus filhos, um de cada vez. – Não cometam o erro de achar que vou poupar minha família!

O silêncio pesou na barraca. Ninguém se mexia. Nem mesmo as mulheres que estavam por perto, prontas para servir.

Shobab, sempre pacificador, abriu as mãos em um gesto conciliatório.

– Só pedimos que ore por isso, pai. Seu coração é puro diante do Senhor.

– Puro? – Calebe riu. – Nenhum homem tem o coração puro.

Nem mesmo Josué podia se gabar disso. Calebe expirou devagar. Eles eram muito rápidos em entrar na batalha. Algum homem deveria ter prazer em derramar sangue do inimigo? Não! Deus tinha prazer em matar? Nunca! Calebe não podia deixar de se perguntar se chegaria um dia em que Israel seria inimigo de Deus e eles seriam castigados. Seus filhos só estavam na Terra Prometida havia quatro anos e já tinham se esquecido dos mortos deixados no deserto.

Eu não me esquecerei, Senhor!

Não se permitiria achar que o pecado não penetraria nele, que não poderia levá-lo ao engano e destruí-lo assim como destruiu outros homens melhores do que ele. Moisés, por exemplo.

– Tenho orado, Shobab. Continuo orando. Vejo a mesma coisa que vocês e anseio pela nossa terra da mesma forma, se não mais, do que vocês veem. Mas nós *precisamos* esperar o Senhor! *Precisamos* fazer tudo de acordo com o plano de Deus, e não com o nosso. Se formos atrás do que queremos agora, seremos menos ainda do que esses irmãos de quem estavam falando. Sem o Senhor ao nosso lado, não temos esperança nem futuro.

Calebe sentiu compaixão no meio de sua raiva. Alguns de seus filhos agora eram mais velhos do que ele quando colocou os pés pela primeira vez em Canaã, quarenta e quatro anos atrás. Eles viram a terra da mesma forma que ele viu naquela época, a realização da promessa de Deus, um lugar de leite e mel. Mas também era um lugar em que a corrupção estava enraizada nas pessoas que moravam ali. A terra precisava ser purificada primeiro e, depois, se tornaria o que Deus esperava que fosse: uma terra e um povo governados pelo Deus do céu e da terra. E todas as nações veriam a diferença entre os caminhos Dele e os dos homens.

Seus filhos, assim como ele próprio, preocupavam-se apenas com a terra e as casas, um lugar para descansar. Mas, certamente, os planos de Deus eram maiores do que apenas se sentar embaixo de uma oliveira e se deleitar com o fruto da terra. Calebe tinha certeza de que o plano de Deus era maior do que qualquer homem poderia imaginar. Judá era como o orgulho dos leões. E Calebe precisava ser o leão mais forte entre eles. Precisava lutar contra eles para o bem deles.

O GUERREIRO

– Não peregrinei por quarenta anos no deserto e supervisionei o treinamento de vocês para que nos tornássemos uma alcateia de lobos, pensando apenas em nós mesmos! – Calebe levantou o punho. – Devemos guiar as outras tribos enquanto Deus nos mandar guiá-los. Deixem que eles vejam Judá esperar. Deixem que eles vejam Judá lutar para que os outros reclamem suas heranças primeiro.

Estendendo a mão, ele a pousou gentilmente no ombro de Messa.

– Deixem que eles vejam esses leões orgulhosos demonstrarem a humildade que há dentro deles.

* * *

Calebe sonhou de novo com as regiões montanhosas. Agachando-se, ele encheu a mão de terra e esfregou entre os dedos, deixando que deslizasse entre seus dedos e caísse. Acima dele estava Quiriate-Arba com seus portões e guerreiros ferozes.

"Permita que eu os destrua, Senhor."

"*Vá, meu servo. Tome a terra.*"

Acordando assustado, Calebe sentou-se, com o coração acelerado. Uma estranha sensação de formigamento deixando todos os pelos de seu corpo eriçados.

– Senhor – sussurrou ele –, que assim seja. – Ele se levantou, se vestiu e chamou seu servo. – Acorde meus filhos e diga a eles para reunirem Judá.

Os homens vieram e ficaram esperando as ordens dele.

– Vamos para Gilgal.

Não precisou dizer mais nada. Os homens comemoraram.

Calebe levou os filhos de Judá para o alto da montanha. Um dos homens que ficava de guarda na frente da barraca de Josué entrou. Josué saiu. Foi até Calebe e o abraçou, então olhou para os homens atrás e soltou Calebe.

– Fale, meu amigo. Por que veio aqui?

– Você se lembra do que o Senhor disse para Moisés, o homem de Deus, sobre mim e você quando estávamos em Cades Barneia? Eu tinha quarenta anos quando Moisés, o servo do Senhor, me mandou para Cades Barneia para explorar a terra de Canaã. Voltei e fiz um relato do fundo do meu coração, mas meus irmãos que foram comigo assustaram o povo e os desencorajaram a entrar na Terra Prometida. Da minha parte, segui o Senhor meu Deus completamente. Então, naquele dia, Moisés me prometeu: "A terra de Canaã na qual você caminhou será sua e de seus descendentes para sempre, pois você seguiu o Senhor meu Deus com todo o seu coração".

Josué assentiu.

– Eu me lembro bem.

Calebe também se lembrava. As lembranças vieram como uma onda de tristeza naquela manhã. Eles estavam destinados a ficar juntos porque a fé os unia, dois homens contra uma nação. Se Deus não tivesse erguido um muro entre eles e os filhos de Israel, ele e Josué teriam sido apedrejados até a morte. Ele se lembrava dos quarentas dias viajando com Josué, como haviam entrado nas cidades, fingindo-se de comerciantes, como tinham conversado com o povo da terra, contando a eles sobre as pragas do Egito, o mar Vermelho se abrindo, a nuvem e a coluna de fogo que os protegiam. Eles avisaram. Ninguém escutou.

Josué era um homem jovem na época, inexperiente, ansioso por servir Moisés, sem a menor ambição da posição que Deus lhe daria. Quando a hora chegou e Moisés colocou as mãos sobre os ombros de Josué e o peso do povo, Calebe vira o medo em seus olhos e questionara a escolha de Deus. Mas Deus fora fiel. Deus moldara Josué para ser o líder de que Ele precisava. E Deus os levara à terra que prometera.

Calebe percebeu em seu coração o quanto sentiria falta desse homem tantos anos mais jovem do que ele. Eles tinham caminhado juntos nos últimos quarenta e cinco anos. Agora, precisavam se separar e tomar posse da terra que Deus dera a cada um deles. Precisavam purificar Canaã, construir casas, estabelecer seus filhos. Não podiam mais sentar juntos e conversar e caminhar pelo acampamento depois dos sacrifícios noturnos.

O tempo era um mestre cruel. Ainda assim, eles se veriam quando as tribos se reunissem para a Páscoa no lugar que o Senhor estabeleceria. A amizade deles certamente sobreviveria, apesar da distância.

"Senhor, olhe e proteja Josué. Que seu coração, mente, alma e corpo se mantenham fortes."

O capitão de Israel tinha envelhecido nos últimos cinco anos. E isso perturbava Calebe. Mas não podia dar as costas ao que o Senhor o mandara fazer: tomar as regiões montanhosas.

– Bem, como você pode ver, o Senhor me manteve vivo e bem, conforme prometeu quarenta e cinco anos atrás, desde que Moisés fez essa promessa, mesmo enquanto Israel vagava pelo deserto. Hoje tenho oitenta e cinco anos. Estou tão forte agora quanto na época em que Moisés me mandou naquela jornada, e ainda sou capaz de viajar e de lutar exatamente como era na época. Então, estou lhe pedindo que me dê as regiões montanhosas que o Senhor me prometeu. Você deve se lembrar de que como espiões encontramos os anaquins vivendo lá em grandes cidades muradas. Mas, se o Senhor estiver comigo, eu os expulsarei da terra, assim como o Senhor disse.

Os olhos de Josué estavam marejados. Ambos sabiam que esse dia chegaria. Tinha que chegar. Josué assentiu solenemente.

– Quiriate-Arba é sua, Calebe.

O coração de Calebe acelerou de alegria.

Josué pegou o braço de Calebe e virou-o para encarar os filhos de Judá. Ele levantou a voz para que todos escutassem.

– Quiriate-Arba pertence a Calebe!

Os filhos de Calebe comemoraram, assim como os outros. Eles não sabiam que teriam de enfrentar o maior desafio de suas vidas, mas o Senhor estaria com eles. O Senhor daria a eles a vitória se eles permanecessem firmes em sua fé. Pois, sem o Senhor, eles não seriam capazes de enfrentar os habitantes de Quiriate-Arba.

Josué apertou a mão de Calebe com força.

– Aquele lugar sempre foi seu e sempre será.

Quiriate-Arba foi o lugar que assustou o coração dos outros dez espiões e fez com que eles se sentissem como gafanhotos.
Quiriate-Arba, a cidade habitada por gigantes.

* * *

– Pelo Senhor!
Calebe levantou sua espada, e Messa soprou o shofar. Calebe e seus filhos lideraram os guerreiros contra os anaquins, que, impetuosos e arrogantes, zombaram do Senhor Deus de Israel e se colocaram contra Judá.
– Pelo Senhor!
Calebe sentiu a força fluir por ele no momento em que as palavras saíram de seus lábios. Correu com a força de um jovem, sentindo que conseguiria voar nas asas de uma águia até o topo daquelas montanhas. A espada dele tilintou ao bloquear a passagem de um enaquim. Virando-se, Calebe bateu com o ombro no estômago do homem, afastando-o o suficiente para enfiar a espada por baixo da armadura, direto no coração. Calebe puxou sua espada enquanto o homem cambaleava. Passando por cima dele, ele soltou seu grito de guerra de novo e continuou.
O Túmulo dos Patriarcas não pertenceria mais a adoradores de ídolos e blasfemadores. Ele derrubou mais dois anaquins que vieram para cima dele. O lugar onde Abraão, Isaque e suas esposas foram enterrados pertenceria de novo aos hebreus! Ele cortou a coxa de um enaquim, fazendo-o cair, partindo o crânio dele enquanto ele tentava se levantar.
As montanhas reverberavam com o grito:
– Pelo Senhor!
Calebe e seus filhos e os homens de Judá subiram a montanha, atacando os anaquins. Os guerreiros que um dia fizeram Israel tremer e se recusarem a entrar na Terra Prometida derreteram de medo e tentaram fugir. Calebe gritou para seus filhos:
– Não deixem que eles escapem do julgamento do Senhor!

O GUERREIRO

Os anaquins foram perseguidos e derrubados até que as quatro montanhas onde a cidade ficava estivessem cobertas de cadáveres.

Arba, o rei de Quiriate-Arba, foi cercado. Um a um, os guerreiros anaquins caíram.

– O rei! – exclamou Messa. – Nós temos o rei!

Calebe veio correndo.

– *Não existe rei além do Senhor nosso Deus!* – Ele empurrou o filho para o lado.

Messa tentou bloqueá-lo.

– O que o senhor vai fazer?

Calebe viu medo nos olhos do filho.

– Eu vou matá-lo.

– Nós fazemos isso, pai.

– Fique de lado.

Acuado, Arba os fitava com ódio. Segurava a poderosa espada nas mãos enormes, balançando de um lado para o outro, cuspindo insultos e soltando blasfêmias.

Calebe avançou na direção dele.

– *Senhor, me dê força!*

Com esse grito, seus filhos abaixaram as espadas. Os homens de Judá ficaram onde estavam e assistiram.

– Venha até mim. – Arba levantou o queixo. – Venha, seu cachorrinho vermelho.

E Calebe foi com a força do Senhor. Com um golpe, ele atingiu o braço de Arba que segurava a espada. Com outro, rapidamente cortou a base da armadura de Arba de forma que as entranhas do enaquim saíssem. Conforme Arba caía de joelhos, Calebe deu um último golpe, mandando o inimigo de Deus para a terra.

– Limpem a cidade!

Os homens de Judá passaram pelos portões, matando cada cidadão, do mais velho ao mais jovem. Derrubaram os altares pagãos e atearam fogo. Imagens de deuses foram jogadas nas fogueiras, derretendo o ouro para que as imagens fossem destruídas. O melhor de tudo era separar esse ouro e entregar para Josué, para o tesouro do Senhor.

Calebe estava de pé na mais alta das quatro montanhas e olhou para a terra que o Senhor lhe dera. Essa terra em que pisava tinha uma história rica. Durante sua primeira visita, ele ouvira que Quiriate-Arba era a cidade mais antiga da região montanhosa, um lar antigo da realeza de Canaã, fundada sete anos antes de Tânis no Egito. Em algum lugar por ali, ficava o Túmulo dos Patriarcas, lugar onde estavam os restos mortais de Abraão, que fora chamado de Ur pelo Senhor. Com ele estavam enterrados sua esposa, Sara, que dera à luz o filho da promessa, Isaque, que se casou com Rebeca e foi pai de Jacó, que teve doze filhos e passou a ser conhecido como Israel: aquele que luta com Deus.

Com o coração cheio, Calebe levantou as mãos para o Senhor como uma criança que pede colo. A força que havia pulsado nele durante a batalha tinha se esvaído, deixando em seu lugar gratidão e oração.

– Este lugar não se chamará mais Quiriate-Arba. – Ele pensou em Abraão, o primeiro em fé, e soube qual nome deveria escolher. – Ele se chamará *amado de Deus*.

Hebrom. Como seu neto.

* * *

– Você parece bem, meu amigo.

Calebe escutou o tremor na voz de Josué e não conseguiu falar nada. Apenas o abraçou, e trocaram beijos no rosto. Josué não parecia bem. Calebe se afastou. Josué estendeu o braço, fazendo um gesto para que ele ficasse ao seu lado, como sempre havia ficado.

Os outros anciãos, líderes, juízes e oficiais se apresentaram. Josué havia convocado todo o povo de Israel para Siquém, onde os ossos de José tinham sido enterrados no pedaço de terra que Jacó comprara dos filhos de Hamor, pai de Siquém.

Enquanto Calebe observava, uma preocupação tomou conta dele. Talvez devesse ter prestado mais atenção ao que estava acontecendo nas outras tribos. Desde que conseguira a permissão para tomar a região montanhosa, ele não tinha se concentrado em nada além disso.

Com a posse de Hebrom agora, seus planos eram voltar a plantar e colher. Com certeza, estava na hora.

– O Senhor nos deu um descanso de todos os nossos inimigos. – Josué abriu as mãos. – Sou um homem velho agora.

Um burburinho começou a crescer entre os homens. Calebe franziu a testa, analisando o rosto de Josué. Ele parecia aflito; na verdade, a única vez que o vira aflito assim tinha sido na noite em que percebeu que Deus o escolhera para liderar o povo. Calebe virou-se para os outros:

– Fiquem quietos. Josué nos chamou aqui para tratar de assuntos muito importantes.

Josué assentiu solenemente.

– Vocês viram tudo que o Senhor seu Deus fez por vocês durante toda a minha vida. O Senhor seu Deus lutou por vocês contra os seus inimigos.

Conforme Josué continuava falando devagar, com muita deliberação, Calebe sentiu impaciência crescendo naqueles à sua volta. Quase podia escutar seus pensamentos: "Por que Josué está nos dizendo a mesma coisa que já nos disse inúmeras vezes antes?"

– Então, sejam fortes! Sejam cautelosos ao seguir todas as instruções escritas nas Leis de Moisés.

– Josué, mais uma vez, lembrou-se de como Deus os levara para a terra que Ele prometera e derrotara os inimigos diante deles, de como não tinham sido as espadas e os acordos deles, mas o poder de Deus, de que conquistara a terra em que eles viviam agora, comendo em vinhedos e oliveiras que não plantaram.

– O Senhor seu Deus cumpriu todas as promessas que fez a vocês. Não deixou de cumprir nem uma sequer!

Quando Josué olhou para ele, Calebe ficou surpreso com a tristeza que viu nos olhos do amigo. Havia um propósito mais profundo para essa reunião, uma assembleia solene.

Josué dissera que era velho, e Calebe sorrira ao escutar aquilo pois era ainda mais velho.

— Mas, da mesma forma que o Senhor seu Deus lhes deu as coisas boas que prometeu, Ele também causará o desastre sobre vocês se desobedecerem a Ele. Ele os aniquilará completamente da boa terra que lhes deu. Se quebrarem a aliança com o Senhor seu Deus, adorando ou servindo outros deuses, a ira Dele se voltará contra vocês.

Calebe fechou os olhos e abaixou a cabeça. "Nós pecamos, Senhor? É por isso que está nos dando esse aviso? Alguns de nós já se viraram contra o Senhor?"

— Então, honrem o Senhor e sirvam a Ele de todo o coração. Afastam-se definitivamente dos ídolos que seus ancestrais adoravam quando viviam do outro lado do rio Eufrates e no Egito. Sirvam apenas ao Senhor. Mas, se não estiverem dispostos a servir o Senhor, então escolham hoje a quem servirão. Preferem os deuses que seus ancestrais serviam do lado do Eufrates? Ou seriam os deuses dos amorreus em cuja terra agora vivem? — Sua expressão se suavizou, e ele olhou para Calebe de novo, com os olhos brilhando. — Quanto a mim e minha família, nós serviremos ao Senhor.

— Nós nunca abandonaríamos o Senhor para adorar outros deuses!

Os outros se juntaram a Calebe em sua resposta.

Hebrom se levantou.

— Pois o Senhor nosso Deus foi quem libertou nossos ancestrais e a nós da escravidão no Egito.

— Ele realizou milagres poderosos diante dos nossos olhos!

— Enquanto viajávamos pelo deserto entre nossos inimigos, ele nos protegeu.

— Foi o Senhor que expulsou os amorreus...

— ... e as outras nações que viviam aqui na terra.

Calebe estendeu as mãos.

— Então, nós, também, serviremos ao Senhor, pois apenas Ele é o nosso Deus.

"Que o Senhor escute as nossas palavras e acredite nelas. E que Josué fique tranquilo."

Nunca vira Josué com a aparência tão sombria, tão cansada, tão *velha*.

O GUERREIRO

– Vocês não são capazes de servir ao Senhor – continuou Josué –, pois ele é um Deus sagrado e ciumento. Ele não vai perdoar rebelião nem pecados.

– Não!

– Se vocês abandonarem o Senhor e servirem outros deuses, Ele se voltará contra vocês e os destruirá, apesar de ter sido tão bom.

– Não! – gritou Calebe, aflito. – Estamos determinados a servir o Senhor!

– Vocês são responsáveis por essa decisão. – Josué falou em um tom de voz baixo, porém forte. – Vocês escolheram servir o Senhor.

– Sim! – gritaram os homens. – Somos responsáveis!

– Tudo bem, então – Josué cerrou as mãos – destruam os ídolos entre vocês e virem seus corações para o Senhor, o Deus de Israel.

Calebe ficou chocado. *Ídolos entre nós?* Ele olhou à sua volta. Viu homens baixarem seus olhos, outros pálidos. Pensou em Acã e em como seria fácil para alguém esconder um ídolo entre seus pertences. Ele virou as costas furioso. Se precisasse fazer uma busca em cada casa, ele faria.

O povo escutou a mensagem do Senhor e fez um pacto em Siquém. Josué elaborou para eles os decretos e leis para que ninguém pudesse dizer que não sabia o que Deus exigia deles. Estava tudo registrado no Livro da Lei de Deus. Josué pegou uma pedra grande e colocou lá, embaixo do carvalho, perto de onde ficava a Arca da Aliança.

– Esta pedra escutou tudo que o Senhor disse para nós. Ela testemunhará contra vocês se voltarem atrás em sua palavra para Deus.

Josué dispensou o povo, cada um para sua própria herança.

* * *

Calebe ficou um pouco mais. Fazia anos que não caminhava com Josué. Seus passos eram mais lentos agora, mais cuidadosos. Embora seus corpos estivessem mais fracos, a amizade entre eles permanecia forte.

– Estou muito triste com o povo, Calebe.

– Porque eles vão perder a fé?

– Sim, e tomar uma decisão.

– Nós demos a nossa palavra, Josué.

Josué expirou e balançou a cabeça. Abriu um sorriso triste.

– Nem todos os homens cumprem sua palavra, meu amigo.

– O Senhor fará com que cumpram.

– Sim, eles irão sofrer.

Perturbado, Calebe parou.

– Deixe esse velho homem descansar.

Josué estava em uma colina de onde via as terras férteis de Siquém.

– Sinto as sementes da rebelião crescendo.

– Onde? Nós podemos arrancá-las!

– As sementes estão no coração de cada homem. – Ele apertou a própria roupa. – Como mudar isso, Calebe?

– Nós temos a Lei, Josué. Foi por isso que Deus nos deu.

– Foi?

– Não foi? – Calebe queria sacudir Josué para tirá-lo desse devaneio sombrio. – A Lei é tão sólida quanto as pedras nas quais Deus a gravou. É a Lei que Deus nos deu que vai nos manter unidos.

– Ou nos separar. Nem todos os homens têm a motivação para fazer o que é certo como você, Calebe. A maioria só quer viver em paz, mesmo se isso significar compromisso. – Josué falava com firmeza, não como um velho reclamando do passado e das preocupações com o futuro.

– O que você quer que eu faça, Josué? Fale abertamente.

– Quero que faça o que sempre fez. Tenha fé no Senhor. Fique firme. Fale quando vir um homem fraquejar. – Ele segurou o braço de Calebe. – *Fique alerta!* Ainda estamos em guerra, Calebe, embora o inimigo pareça aniquilado. Estamos em guerra e recuar é impossível.

* * *

Sentado à sombra de sua oliveira, Calebe viu um homem correr pela estrada. Sentiu uma agitação profunda. Fechando os olhos, abaixou a cabeça.

– Onde está Calebe? – gritava uma voz ofegante. – *Calebe!* Preciso falar com Calebe!

Suspirando, Calebe se levantou.

– Estou aqui.

O jovem correu colina acima para encontrá-lo. Calebe o conhecia bem, embora tivesse mudado com os anos.

– Você é Efraim, não é?

– Filho de Efraim, Hira.

– Eu me lembro de quando seu pai era um menino. Ele seguia Josué como se fosse uma ovelhinha. Nós...

– Josué morreu!

Calebe ficou em silêncio. Não podia acreditar, não queria, fechou os ouvidos para aquilo. Não, não Josué, que era quinze anos mais novo do que ele. Josué era o líder ungido de Deus. Josué!

– Josué está morto. – O garoto caiu de joelhos, curvado, e chorou.

A aflição tomou conta de Calebe, que soltou um grito alto e, então, rasgou as próprias roupas.

"Oh, Senhor, meu amigo, meu amigo! O que vai acontecer com Israel agora? Quem irá liderar esse povo teimoso? Quem, Senhor?"

Assim que os pensamentos surgiram, ele se sentiu envergonhado. Quem mais além do Senhor tem guiado Israel? Quem além do próprio Deus poderia ser o rei de uma nação como Israel?

"Perdoai-me, Senhor. Depois de todos esses anos, eu já deveria ter aprendido a não fazer essas perguntas. Perdoai-me. Ajudai-me a me manter firme."

Calebe colocou a mão sobre a cabeça do garoto.

– Levante-se, Hira, me conte tudo.

Josué tinha sido enterrado em Timnate-Sera, na região montanhosa de Efraim, ao norte do Monte Gaash. O garoto trazia outras notícias ruins. Eleazar, filho do irmão de Moisés, Aarão, estava doente em Gibeá.

Calebe levou Hira para sua casa e lhe deu o que comer e beber.

— Como as tribos reagiram à notícia?

— Estão todos confusos. Ninguém sabe o que fazer agora que Josué morreu.

Calebe fez uma cara feia.

— Faremos o que o Senhor nos disse para fazer. Iremos expulsar da terra os adoradores de ídolos e manter nossa aliança como Ele.

Não fazia tantos anos desde que tinham feito a aliança com Josué em Siquém. Já tinham se esquecido de tudo que ele tinha dito?

— Estamos nos preparando para viajar para Siquém, para a Páscoa. O Senhor nos mostrará a Sua vontade. Vá em paz, agora.

Os filhos de Calebe providenciaram tudo para a viagem, incluindo nas provisões tudo que haviam conseguido das aldeias que tinham conquistado. Calebe se perguntou se eles estavam mais interessados em fazer comércio do que em adorar.

Quando chegaram, havia tristeza misturada com alegria. Josué e Eleazar foram lembrados, mas, conforme o conselho se reuniu e começou a falar, Calebe percebeu quanto trabalho ainda havia para ser feito. Por que tanta coisa tinha sido deixada sem fazer? As tribos receberam suas heranças, mas ainda não tinham conseguido expulsar todos os cananeus da terra. Pior, os anciãos das tribos estavam confusos por causa da morte de Josué.

— Quem será o primeiro a se levantar e lutar por nós contra os cananeus?

— Como vamos decidir?

Que tipo de homem eles eram? Quando foi que *eles* tinham decidido alguma coisa?

Finalmente, Fineias, filho de Eleazar, sumo sacerdote de Israel, lembrou.

— O Senhor decide!

A sorte foi lançada, e a resposta de Deus veio rápido.

— Judá. — Fineias se levantou. — Judá deve ir lutar. O Senhor entregou a terra nas mãos deles.

Em uma época, Calebe teria ficado exultante. Agora, ficou parado em silêncio, sombrio, enquanto seus filhos e homens de Judá gritavam sua resposta. Muitos em Israel não tinham a fé necessária para tomar sua terra e mantê-la purificada. Será que eles achavam que Judá podia fazer por eles o que Deus dissera que eles precisavam fazer sozinhos? Alguns permitiram que os pagãos permanecessem escondidos nos vales férteis ou nas ravinas. O Senhor dissera que esses adoradores de ídolos seriam como espinhos no lado de Israel se ficassem. *Nenhum deles* deveria ficar.

Seus filhos vieram falar com ele.

– Fizemos uma aliança com nossos irmãos da tribo de Simeão. Se eles forem para a terra alocada para nós para lutar contra os cananeus, nós iremos com eles ajudar na terra deles.

– Vocês perguntaram ao Senhor sobre essa aliança?

– Eles são nossos irmãos, pai. Desde o início, o Senhor não disse que era para ajudarmos uns aos outros? O senhor não disse que...

– Todos vocês se esqueceram o que aconteceu quando não perguntamos ao Senhor sobre os gibeonitas?

– Mas esses são nossos irmãos! – exclamou Messa.

Calebe ficou furioso.

– E o Senhor disse que *Judá* deve ir! O Senhor deu a terra para *Judá*.

Todos começaram a falar ao mesmo tempo, racionalizando e justificando a decisão que tomaram.

– Basta! – Era como se tivessem dado um soco no estômago de Calebe. – Simeão! Esses irmãos usaram suas espadas como instrumentos de violência. Até mesmo Jacó dissera para não entrar no conselho deles nem participar de suas assembleias, pois eles eram amaldiçoados por causa de sua fúria e crueldade. Assim como Levi. O Senhor dispersara os levitas entre as tribos como sacerdotes, mas e a tribo de Simeão? Como o Senhor ia dispersá-los? E quais problemas surgiriam se Judá se aliasse a eles?

– Quando vocês vão aprender que devemos prestar atenção à Palavra do Senhor e seguir apenas Ele?

Quando os homens faziam seus próprios planos, era certo que o desastre estava a caminho.

* * *

Judá atacou os cananeus em Bezeque, e o Senhor estava com eles. Derrubaram centenas, depois milhares.

Sujo com o sangue daqueles que derrubara, Calebe viu o rei de Bezeque com sua coroa de ouro.

– Lá está Adoni-Bezeque. – Ele abriu caminho até o rei cananeu e viu o homem fugir da batalha sangrenta. – Não o deixem escapar!

Alguns dos homens de Judá saíram atrás dele. Calebe não deixou o campo de batalha e estimulou os homens das tribos de Judá e Simeão a destruírem os inimigos de Deus. Dez mil foram derrubados antes de conseguirem recuar. Quando Calebe viu Adoni-Bezeque, ele estava chocado. Seus dedos tinham sido cortados. O rei tropeçou e caiu, soluçando em agonia.

Calebe ficou furioso.

– O que vocês fizeram?

Selumiel, líder da tribo de Simeão, falou, com a cabeça erguida:

– O que ele merece! Fizemos com ele o que ele fez com os setenta reis que comiam migalhas embaixo da mesa dele.

Gemendo na terra, Adoni-Bezeque falou:

– Deus me pagou com a mesma moeda.

– Mate-o – ordenou Calebe.

Era mais misericordioso matá-lo logo do que torturá-lo e mutilá-lo.

– Nós vamos matá-lo! – Selumiel colocou uma corda em volta do pescoço do cananeu. – Quando estivermos prontos. – Os homens da tribo de Simeão riram da situação do homem. Eles o levaram montanha acima. Quando ele caiu, arrastaram-no. Só lhe deram água o suficiente para permanecer vivo. Quando o exército chegou diante da cidade de Jerusalém, Adoni-Bezeque foi levado para a frente dos homens e ficou diante dos muros. Selumiel o executou ali, para que os jebuseus pudessem testemunhar sua morte.

Furioso, Calebe mandou-os embora.

O GUERREIRO

– Vão para casa. Voltem para a sua terra! – Não queria parceria com esses homens.

– Do que você está falando? Nós viemos ajudar. Vocês não são capazes de destruir esses povos sem a nossa ajuda.

– O Senhor disse que *Judá* iria lutar. Não Simeão! Vocês vão se rebelar contra o Senhor, com quem acabaram de renovar a aliança? – Calebe olhou para o corpo de Adoni-Bezeque. O Senhor dissera para matar os cananeus, não os torturar. – Vão para o sul e lutem pela sua terra.

– Vocês fizeram uma aliança para nos ajudar!

– Nós os ajudaremos *depois* de tomarmos Jerusalém.

Os homens da tribo de Simeão foram embora, mas seus filhos não ficaram satisfeitos.

– Como vamos conseguir derrotar os jebuseus sem mais homens?

Calebe estava com mais raiva dos homens de Judá do que dos de Simeão.

– Nós não *precisamos* de mais homens. O Senhor é a nossa força. Confiem *Nele*. Não coloquem fé nos homens. Nossa vitória não depende do número de soldados, cavalos ou carroças, *mas do poder de Deus que nos libertou do Egito!*

Unidos, os homens gritaram, clamando para que o Senhor os ajudasse.

Mas Calebe se perguntava o que os aguardava no futuro.

Josué estava certo quando falou com Israel naquela última vez em Siquém. Ele vira o caminho que as coisas estavam tomando.

E, agora, Calebe temia estar vendo também.

* * *

Os portões foram abertos, os muros, escalados, os homens nas ameias, mortos. Gritos enchiam o ar do vale estreito em que oliveiras eram cultivadas. Nenhum homem, mulher ou criança que não fugiu diante do massacre de Judá morreu dentro dos muros.

– Queimem tudo! – ordenou Calebe, e os homens correram com tochas, incendiando casas, altares e pilhas de deuses feitos de madeira encontrados nas casas.

O exército de Judá seguiu para o sul e juntou forças com Simeão. Lutaram contra os cananeus e os derrotaram. A tribo de Simeão se estabeleceu em Bersebá, Hormá e Arade.

Judá voltou para o norte, lutando contra os cananeus que tinham voltado para as regiões montanhosas durante a ausência deles. Judá tomou Neguev e as montanhas do oeste e voltou para Hebrom com toda a força, destruindo o que restava dos anaquins.

– Eles continuam voltando!

– São como uma praga de gafanhotos!

O exército de Judá expulsou os cananeus das montanhas, matando todos que encontrava. E Calebe mandava seus homens atrás dos que fugiam.

– O Senhor foi claro. Se não acabarmos com eles, eles vão continuar voltando. Agora, vão atrás deles e acabem com eles.

Eles obedeceram até os meses de inverno, quando regressaram para suas casas. Estavam cansados de lutar. Queriam comemorar suas vitórias e contar as histórias dos grandes feitos. Eles louvavam ao Senhor também, mas, principalmente, falavam do que tinham conseguido nos anos de luta. Ainda havia áreas a serem conquistadas; inimigos escondidos e espalhados em recuos nas montanhas.

– Terminaremos o trabalho quando a primavera chegar.

Quando a primavera chegou, o povo de Judá fez suas plantações.

– No ano que vem, terminamos o trabalho.

E, a cada ano, o pecado crescia.

* * *

O triunfo abriu caminho para a complacência.

A tribo de Benjamim não conseguiu manter Jerusalém. Os jebuseus voltaram para a cidade, e os homens da tribo não conseguiram desalojá-los.

A tribo de Manassés optou por não expulsar os povos de Bete-Seã, nem de Taanaque, nem de Dor, nem de Ibleã, nem de Megido e das vilas que os cercavam. Em vez disso, eles obrigaram os cananeus a fazer trabalho forçado.

A tribo de Efraim não conseguiu expulsar os cananeus de Gezer.

A tribo de Zebulom permitiu que os cananeus ficassem em Quitrom e Naalol. Não seguiram o exemplo de Manassés, mas fizeram acordos com o povo da terra e começaram a adotar seu estilo de vida.

A tribo de Aser não expulsou aqueles que viviam em Aco, Sidom, Alabe, Aczibe, Helba, Afeque e Reobe. Aser passou a morar entre o povo da terra.

A tribo de Naftali deixou os habitantes de Bete-Semes e Bete-Anate vivendo em paz e passou a viver entre eles.

* * *

— Nós não conseguimos expulsá-los das planícies, pai.
— Vocês precisam confiar no Senhor.
— Nós oramos.
— Nós jejuamos.
— Nós fizemos tudo que achamos que podíamos fazer. E não conseguimos expulsá-los.
— Eles têm carruagens de ferro, pai.
— Pelo menos, a região montanhosa é nossa. Hebrom está garantida. Essa é a nossa herança.
— E por quanto tempo vamos conseguir manter se permitirmos que os inimigos de Deus vivam? — Calebe abaixou a cabeça, envergonhado. — Nós não conseguimos fazer o que o Senhor nos mandou fazer.
— Nós lutamos!
— Alguns morreram.
— O Senhor não está nos protegendo! Ele está longe de nós!
— Porque nós pecamos! — exclamou Calebe, furioso. — Porque vocês não têm fé para seguir o Senhor.

– Como nós pecamos, pai? Diga. Nós adoramos Deus assim como o senhor.

– Tenho cicatrizes para provar a minha fé, pai! Assim como muitos outros. Tenho netos. Quero ter tempo para desfrutar da minha herança. O senhor não quer?

– Não precisamos das planícies, pai. Temos terra suficiente aqui nas montanhas.

Calebe não podia acreditar no que estava escutando.

– Nós estaremos em guerra enquanto os inimigos de Deus não estiverem todos mortos, como a geração que morreu no deserto. Vocês não podem desistir. Precisam se armar.

– Estamos cansados de lutar!

– Não há mais nada a ser feito nas planícies!

– E Hebrom?

Messa o fitou, derrotado.

– Você não se lembra, pai? Hebrom não pertence mais a Judá. Josué e os outros deram para os levitas como uma cidade de refúgio. Os coatitas sabem se cuidar.

– Nós viemos ao mundo nus, Messa. E nus vamos embora.

Calebe havia ficado surpreso quando Josué designara Hebrom como uma cidade de refúgio, mas Josué apenas fazia o que o Senhor mandava. Calebe sabia que podia encarar isso de duas maneiras: com ressentimento, permitindo que a amargura e a inveja crescessem e espalhassem suas heras mortais... ou com gratidão. Ele escolheu ser grato por Deus ter desejado que Hebrom, a cidade de Calebe, fosse considerada como uma cidade de refúgio.

Infelizmente, nem todos os seus filhos tinham conseguido aceitar a perda ou ficado totalmente satisfeito em viver nas vilas ao redor.

– Hebrom nunca foi nossa, meus filhos. Deus nos deu e nós devolvemos a Ele.

– Era para ser nossa herança eterna, pai.

– Alguns dos nossos homens morreram ao tomar aquela cidade dos anaquins. Foi o *nosso* sangue que foi derramado por aquela cidade.

– O Senhor estava conosco.

Todos começaram a falar ao mesmo tempo.

Messa falou por todos:

– Vamos descansar um pouco, e, se eles tentarem subir as montanhas, aí lutaremos de novo.

Vinho fluía livremente, direto das uvas que caíam das videiras que eles não plantaram, videiras que o Senhor dera a eles.

Shobab suspirou.

– Ainda tenho que arar o campo. – Campos que o Senhor dera a eles.

– E cultivar a terra – concordou Maressa.

Calebe pensou nos grãos que tinham sido colhidos nos primeiros anos que estavam na Terra Prometida. O Senhor os levara para lá quando havia muita comida, eles só precisavam pegar.

– Você sabe cultivar a terra? – um deles brincou.

– Posso aprender.

Será que algum dia eles aprenderiam o que era importante?

– Tenho trabalho a fazer na minha casa.

E o trabalho que Deus os mandara fazer?

– Está na hora de meu filho Hebrom tomar uma esposa.

– Tenho uma filha com quem ele pode se casar.

Os homens, jovens e velhos, riam e conversavam em volta de Calebe. Ele se levantou, sabendo que eles nem notariam. Estavam ocupados demais fazendo planos. Ele saiu e levantou a cabeça.

"Oh, Deus, perdoai-os. Eles não sabem o que fazem."

SEIS

Calebe se encaminhou mancando até uma pedra lisa perto de uma antiga oliveira onde ele costumava sentar-se para apreciar a vista do pomar e do vinhedo.

– Venham, meus filhos. Venham. Precisamos planejar a proteção das montanhas. Não podemos parar de avançar.

– Não podemos agora, pai. – Eles levantaram suas enxadas em um gesto de solidariedade. – Temos de trabalhar.

Calebe apertou os lábios um contra o outro. Ele e seus filhos haviam expulsado os três filhos de Anaque – Sesai, Aimã e Talmai – de Hebrom, mas, quando avançaram para Quiriate-Sefer, Calebe estava cansado demais para seguir com eles, e não terminaram o serviço. Assim, os cananeus foram voltando, como uma goteira no telhado. Seus filhos, complacentes, tinham se esquecido dos avisos do Senhor.

Ele escutava os filhos reclamando. "Ele nunca se cansa de lutar? Guerra, guerra. Basta para nós. Está na hora de aproveitarmos a terra que conquistamos. Vamos manter o que temos."

O GUERREIRO

Oh, eles sabiam o que ele falaria. Não tinham escutado centenas de vezes antes? Eles queriam plantar e colher, aproveitar a terra que conquistaram. Então, qual o problema se alguns cananeus voltassem? *Paz, eles querem paz!* Mas não teriam. Deus tinha dado o aviso. Eles só não escutavam.

Apoiando-se em sua bengala, Calebe se sentia derrotado. O espírito dentro dele ainda se animava com o desafio, mas seu corpo não aguentava mais. E não havia ninguém para motivar seus filhos, ninguém para liderá-los. Desde quando conquistaram Hebrom, que foi entregue aos levitas como uma cidade de refúgio, eles deixaram de escutá-lo.

O ressentimento de Messa crescia a cada ano que ele lavrava a terra. Calebe estava cada vez mais cansado de escutar as mesmas reclamações.

– Lutamos por cinco anos para que as tribos se assentassem. E, quando chegou a nossa vez, tivemos de lutar sozinhos! E aí o que acontece? A maior e melhor cidade é entregue aos levitas e nós ficamos apenas com as aldeias vizinhas!

Pacientemente, Calebe explicava de novo.

– Hebrom é o melhor lugar que temos. E o Senhor deu para nós. Não é justo retribuir a Deus com o melhor? Vocês acham que conseguiríamos conquistar Hebrom sozinhos? Deus nos deu a cidade. Ele é o dono por direito. Não se pode oferecer uma aldeia como cidade de refúgio.

Mas as reclamações deles continuavam.

– Uma aldeia seria suficiente!

– Nós pagamos com sangue, e os levitas ficam com os lucros!

O que tinha de errado com seus filhos? O coração deles estava contra o Senhor seu Deus? Já tinham se esquecido dos mandamentos segundo os quais tinham de viver?

Eles acabaram desistindo de Hebrom e se concentraram em reivindicar as aldeias e os pastos vizinhos. Expulsaram os cananeus, matando cada um deles que não fugiu das montanhas. Pararam de falar de Hebrom, mas Calebe via o quanto eles desejavam a cidade. O ressentimento deles se espalhava como mofo, infiltrando-se pelas rachaduras e paredes das casas onde moravam, casas que não tinham construído, e sim ganhado de Deus. Parecia contra a natureza deles serem gratos pelos presentes que Deus dera a eles.

Conforme os meses e anos passavam, os filhos de Calebe voltavam suas forças e pensamentos para os pomares e vinhedos, rebanhos e gados. Eles eram prósperos, mas não estavam satisfeitos.

Eles não escutavam o pai como quando eram garotos. Não se agarravam às suas palavras nem seguiam suas instruções, nem tentavam agradá-lo e, assim, agradar a Deus.

Era comum Calebe se pegar com saudades daqueles anos difíceis vagando pelo deserto. O povo aprendera a depender do Senhor para tudo: comida, água, abrigo, proteção contra os inimigos que vigiavam e esperavam. Agora que eles tinham conquistado a Terra Prometida e se estabelecido, a vida tinha se tornado mais fácil.

Os israelitas baixaram a guarda, cochilavam durante o dia e se esqueceram que fé era mais do que arar a terra.

Como tantos outros em Israel, seus filhos estavam fazendo o que achavam certo. E Calebe se entristecia com isso, tentando a cada dia fazer com que voltassem a ser como eram em tempos mais difíceis. Mas eles não queriam escutar. Não mais. Era pela graça de Deus que eles continuavam a prosperar, mas tinham sido avisados quando as bênçãos de fé inabalável e maldições de rebelião foram lidas para eles no Monte Ebal. Ah, eles continuavam guardando o dia de descanso, mas sem alegria. O que Deus dera a eles agora governava seus dias e noites.

Quando Calebe orava com eles, sentia sua impaciência.

"Vamos logo, pai, precisamos voltar para o trabalho!" Quase podia escutar seus pensamentos. "Vamos ter que escutar mais um louvor desse velho?"

Ah, eles o amavam. Não tinha dúvida disso. Satisfaziam todas as suas necessidades, cuidavam dele e o mimavam. Mas achavam que o tempo dele tinha acabado, e o deles, começado. Achavam que ele não tinha mais nada a ensinar que eles já não soubessem. Achavam que agora eram outros tempos.

O GUERREIRO

Verdade, mas algumas coisas deveriam permanecer as mesmas. E era isso que ele tentava dizer a eles. E era isso que eles se recusavam a escutar. O deslizamento já tinha começado, com algumas pedras rolando montanha abaixo vez ou outra. O povo negligenciava as coisas que o Senhor havia dito. Os cananeus não tinham sido expulsos de todos os vales da região. Alguns tinham voltado, tentando se aproximar com palavras de paz e ofertas de amizade. Os homens de Israel estavam ocupados demais se deleitando com o leite e o mel da terra que Deus dera a eles para ver o perigo de permitir que os inimigos de Deus voltassem e se assentassem em pequenos acampamentos. Os cananeus que prometiam paz roíam como cupins as fundações que Deus estabelecera.

Como seus filhos podiam ter se esquecido do que acontecera em Sitim? Homens se encantavam facilmente pela adoração de Baal. *Uma moça bonita acena, e o homem tolo vai atrás como um cordeiro indo para o abatedouro.*

Deus exigia que Seu povo vivesse uma vida santa, e não misturado com aqueles que corromperam a terra. Seus filhos só conseguiam enxergar vinhedos, pomares, casas e poços de água. Não tinham conseguido arrancar e destruir todos os inimigos de Deus, e agora os cananeus estavam brotando aqui e ali, como heras venenosas, trazendo seu estilo de vida amaldiçoado com eles.

Seus filhos e os homens de Judá ainda não tinham conquistado Quiriate-Sefer. A cidade fortificada ainda estava infestada com os vermes cananeus.

Os doze filhos de Calebe e seus muitos netos aravam a terra, plantavam, cuidavam e colhiam, acreditando que seus esforços faziam a diferença entre a prosperidade e a pobreza. E, a cada ano, eles precisavam trabalhar um pouco mais.

– Não é pela força nem pelo poder que vocês conquistaram essa terra, mas pelo Espírito do Senhor! – dizia Calebe.

– Alguém tem que arar a terra, pai. Alguém tem que plantar as sementes.

– Mas é o senhor que molha, meus filhos. É o Senhor que dá a luz do sol e faz com que tudo cresça.

– As coisas cresciam aqui muito antes de nós chegarmos. Canaã já era um tesouro *antes* de entrarmos aqui.

Calebe sentiu sua pele arrepiar. Ouvira falar que alguns dos seus filhos estavam indo atrás de outros deuses. Messa confirmou essa informação.

– Deus a fez próspera. Ele preparou essa terra para nós.

– É o que o senhor diz.

A cada ano que passava, eles escutavam menos. E, como nessa manhã, eles faziam as mesmas orações de todos os dias, e depois saíam para viver suas vidas como bem quisessem.

– Bom dia, pai.

Levando um susto pois estava perdido em seus próprios pensamentos sombrios, ele se virou. Acsa, sua única filha, a última, aproximou-se dele e entrelaçou seu braço ao dele. Ela tinha os olhos escuros de Maaca e a pele oliva e o cabelo ruivo dele. Alguns a chamavam de *Edom* quando achavam que ele não podia escutar. Será que a mãe dela a mandara para cuidar dele?

– Você acha que preciso de ajuda?

– O senhor está com aquele olhar de novo.

Irritado, ele a dispensou e seguiu para seu destino. Todas as juntas de seu corpo doíam; sua perna parecia o tronco de uma árvore com raízes bem presas ao chão.

Curvado, ele cerrou os dentes ao sentir a dor e enfiou a bengala no chão. Um passo cuidadoso de cada vez.

Acsa caminhava lentamente ao lado dele, as mãos atrás das costas. Ele a olhou, irritado.

– Não precisa ficar me rondando como uma galinha em volta de seus pintinhos!

– O seu humor está ótimo nesta manhã.

Como fixou o olhar nela, ele tropeçou, conseguiu se reerguer, mas não sem antes ver o movimento rápido dela. Seu coração acelerou com raiva.

– O que você ia fazer? Jogar-se no chão para amortecer a minha queda?

– Eu deveria ficar parada ao ver meu pai cair de cara no chão?

– Você tem seus afazeres. Vá!

Ela afastou o olhar e piscou.

– Fui até o poço.

As mulheres sempre começavam a chorar. Mas ele não abrandou nem o tom de voz nem as palavras.

– Tem outras coisas a fazer além de dar água para as ovelhas.

Com os olhos brilhando, ela ergueu o queixo.

– Então, *me* dê uma espada e *me* deixe fazer.

Ele soltou uma gargalhada, zombando dela, e seguiu mancando. Talvez, se a ignorasse, ela fosse embora. Ele gemeu ao continuar caminhando pelas pedras.

"Senhor, eu não consigo fazer com que meus filhos se sentem comigo por uma hora e me escutem, mas essa garota gruda em mim como um carrapato."

Suspirando fundo, ele se arqueou embaixo da velha oliveira. Acsa se sentou à sombra. Ele a fitou, ainda irritado.

– Está na hora de você se casar. – Ela deveria sair correndo ao ouvir isso. Ela costumava ficar longe dele sempre que ele mencionava o futuro dela.

– Não tem ninguém digno o suficiente para se casar comigo.

– Oh! – Ele riu daquilo. – Você se acha muito, não é? Uma mestiça cananeia.

A pele oliva dela corou. E ela virou o rosto.

Calebe cerrou os dentes.

– Está na época de você cobrir seu cabelo.

Ela o encarou de novo.

– Está na época de um monte de coisas, pai.

– Você não é mais criança. Você... – ele franziu a testa. – Quantos anos você tem?

Ela o fitou sem responder.

Ele ferveu de raiva.

– Não pense que sou muito velho para lhe dar uma lição.

Acsa se levantou graciosamente e se sentou perto o suficiente para ele lhe dar um tapa.

— Faço qualquer coisa para facilitar sua vida, pai.

Ele levantou a mão. Ela não recuou. Ele viu a veia do pescoço dela pulsar. Raiva ou medo? Isso importava? Soltando o ar devagar, ele abaixou a mão e a ignorou. O silêncio se estendeu, mas não era confortável. Ele limpou a garganta, o som saiu como um ronco baixo. Ela levantou uma sobrancelha. Ele fechou os olhos. Talvez se fingisse estar cochilando.

— O que o senhor ia dizer para os meus irmãos?

Ele apertou os lábios um contra o outro.

— Pergunte a eles. Eles podem lhe dizer palavra por palavra do que eu ia dizer. As mesmas coisas que sempre digo; as mesmas coisas que eles sempre ignoram.

— Se ia contar sobre as pragas do Egito e a peregrinação no deserto, o senhor conta histórias melhor do que eles.

— Não são histórias! Eu vivi tudo aquilo.

— Eu gostaria de ter vivido naquela época.

Ele ignorou o tom de esperança na voz dela.

— Sua mãe mandou você sair para me alegrar?

— O senhor acha que preciso que a minha mãe me mande sentar com meu pai? Eu o amo, Abba! — Ela o fitou, sem piscar, e então baixou a cabeça. — Eu poderia escutar as suas histórias mil vezes e não me cansaria, pai.

Ele não disse nada, e ela levantou o olhar. Ele viu o desejo nos olhos escuros dela, a intensidade de seu interesse. Por que será que essa menina, filha de sua concubina, tinha tanta paixão por Deus quando seus filhos tinham tão pouco? Desesperado, ele falou cheio de amargura:

— Vá embora, me deixe sozinho.

De que adiantava uma garota?

Ela se levantou devagar e se afastou, com os ombros caídos. Calebe se arrependeu da grosseria, mas não a chamou de volta.

O dia se arrastou, como todos os outros. Todo mundo tinha coisas a fazer para ocupar o tempo e as mentes. Menos Calebe. Ele se sentava e esperava o tempo passar, esperava o sol cruzar o céu e mergulhar em um tom vermelho-dourado, roxo-alaranjado, no oeste. Nesse momento, ele estava no alto e quente. Gostaria de ficar em um lugar mais fresco, mas estava cansado demais para se levantar e voltar para a casa.

Calebe observou Acsa trabalhar com as esposas de seus irmãos e com seus meios-irmãos. Ela não parecia interessada na conversa delas, que falavam à sua volta. Elas riam. Algumas cochichavam com os olhos grudados nela. Calebe tentou não pensar sobre o assunto. Tentou não deixar que o fato de sua filha ser tratada como uma estrangeira o perturbasse. Mesmo depois de todos esses anos, ele ainda se lembrava da sensação.

Quando cochilou, sonhou com o Egito. Estava de pé diante de seu pai, discutindo.

– Este é o Deus dos deuses, o Senhor dos senhores. Para onde ele mandar, eu vou. – Quando ele acordou, seu coração estava tão apertado que foi difícil respirar.

Acsa veio trazer pão e vinho.

– O senhor não come desde hoje de manhã.

– Não estou com fome.

Ela deixou a comida mesmo assim.

Depois de um tempo, ele mergulhou o pão no vinho. Quando amoleceu, mastigou devagar até que se tornasse uma massa molhada que pudesse engolir.

Acsa voltou, trazendo seus netos dessa vez.

– Venham, crianças. Escutem o Abba contar sobre as pragas do Egito e quando o mar Vermelho se abriu. – Ela os colocou sentados em volta dele e se sentou um pouco afastada. Grato, Calebe contou sobre os eventos que tinham moldado a sua fé e a sua vida. Não era uma história rápida, e, uma a uma, as crianças foram se levantando para ir brincar. Apenas Acsa ficou.

Ele soltou um suspiro cansado.

– Você é a única que se interessa em escutar.

Os olhos dela se encheram de lágrimas.

– Gostaria que não fosse assim.

Os filhos dele estavam voltando dos campos, com as enxadas sobre os ombros, mãos sobre elas. Eles pareciam cansados, insatisfeitos. Ele olhou para Acsa, ainda esperando, com os olhos cheios de esperança.

– Por que você é a única que se agarra à Palavra do Senhor nosso Deus?

– Não sei, pai. De onde vem a sua fé?

* * *

Calebe ficou remoendo a resposta de Acsa. Como ele tinha encontrado a própria fé? Por que não conseguia inculcar essa fé em seus filhos?

Ficou acordado a noite toda sobre suas almofadas, pensando. Por que ele era o único na sua família que entendia que havia apenas um único Deus com poder, que todos os outros eram falsos? Ele crescera com os ídolos do Egito, fizera libações e orações assim como o pai, a mãe, os irmãos e suas esposas. Ainda assim, no momento em que Moisés voltara de Midiã, Calebe soube que sua vida nunca mais seria a mesma. Testemunhara as pragas e soube, sem a menor dúvida, que o Deus de Moisés, o Deus de Abraão era todo-poderoso. Todos os deuses do Egito não conseguiam prevalecer contra Ele, pois não passavam de uma conjuração patética da imaginação humana.

A fé viera para ele como um raio de sol, uma alegria em seu coração. *Eis um Deus que posso adorar! Eis um Deus que posso seguir com confiança e júbilo!*

Mas a fé não viera para os membros de sua família da mesma forma; a razão e a necessidade os levaram para a fé. Plantações destruídas pelo granizo e queimadas por raios, animais mortos com doenças, chagas fazendo os egípcios gemerem de agonia, Calebe sabia que o medo fizera sua família finalmente escutar seus argumentos e segui-lo para o acampamento hebreu. Eles nunca compartilharam sua animação e alegria em estar na presença da nuvem ou do pilar de fogo. Nunca pararam para admirar o dossel rodopiante de luz e sombra.

Seguiram por medo. Obedeceram por medo.

Faziam as oferendas porque a Lei determinava que fizessem.

"A minha fé certamente vem de Vós, Senhor, e eu não posso me gabar dela. Ela nasceu em um instante. Meus olhos e ouvidos se abriram. Meu coração bateu como se fosse a primeira vez. Meus pulmões se encheram com o ar do agradecimento. Eu queria ser considerado parte do Vosso povo. Queria viver uma vida que Vos agradasse. Por que meus filhos não? Por que apenas Acsa, uma menina, a última de toda a minha prole?"

Ele ficou esgotado de tanto se fazer essas perguntas. Qualquer que fosse a razão, Acsa acreditava com tanta força quanto ele. Ela ansiava estar perto de Deus da mesma forma que ele. Mas, em vez de encorajar a fé dela, ele supusera que ela estava sendo condescendente com ele. Ele ficava irritado com a ideia de suas concubinas e filhos fazendo suas vontades, achando que ele era um velho e que precisava de alguém para cuidar dele.

Mas a fé de Acsa era genuína.

Apenas no ano anterior, quando foram a Jerusalém para a assembleia solene do Dia da Expiação, Calebe a observara colhendo galhos de oliveira e murta enquanto seus filhos estavam fora, comemorando com os amigos.

– Onde está Acsa?

– Por acaso sou babá da minha irmã?

Maaca deu um tapa em Seva.

– Vá procurar a sua irmã. Você também, Tiraná. – Ela apontou para os filhos.

– Ela está construindo uma tenda – disse Calebe.

Maaca olhou para ele, perplexa.

– Você a mandou fazer isso?

Ele percebeu que sua concubina estava se perguntando se ele tinha perdido a cabeça.

– Não. Ela foi por vontade própria.

– Mas por quê?

Ele olhou para seus filhos.

– O Dia da Expiação é seguido pela Festa das Tendas.

– Não moramos mais em tendas desde que Josué morreu, pai.

– Ninguém mais mora.

Calebe se levantou.

– Seria bom para vocês se lembrarem por que vagamos pelo deserto por quarenta anos e tínhamos de viver em tendas!

Depois do silêncio tenso que se seguiu, Maaca falou:

– Uma menina solteira não pode viver fora da casa do pai.

Os filhos dele foram buscá-la. Lembrou-se de como Acsa relutara e, então, derrotada, chorara.

Agora viviam em um jardim feito por Deus, e o deserto tinha sido esquecido. Assim como as lições que aprenderam lá.

Calebe sabia que precisava fazer alguma coisa antes que fosse tarde demais.

* * *

"Sou um velho, Senhor, e não posso mais lutar. Minhas palavras não incendeiam mais o sangue dos homens. O pecado em nossa vida é uma ameaça maior do que nossos inimigos! Não terminamos o trabalho que Vós colocastes diante de nós. Olho à minha volta e vejo como meus filhos se tornaram complacentes, como o povo se tornou complacente.

Nós reconstruímos cidades, mas passamos por cima dos destroços da nossa vida. Ficamos amigos daqueles que desprezam o Vosso Nome. Não sei o que o fazer. Estou cansado, abatido pelo desespero, abatido pela idade. Mal consigo me levantar pela manhã ou comer minha comida. Criados cuidam de mim. Mas a minha mente, Senhor, minha mente ainda está ativa. Meu coração ainda bate louvando o Vosso nome!"

O GUERREIRO

– Ele está chorando de novo.

Calebe estava sentado, encostado nas almofadas colocadas ali para apoiá-lo. Estava chorando? As lágrimas pareciam vir sem aviso ultimamente. Seu corpo estava fraco. Será que eles achavam que sua mente também estava? Ele escutava seus filhos conversando à sua volta. Havia dias que não falava nada, seus pensamentos concentrados em Deus. Talvez seu silêncio fizesse com que eles abrissem os ouvidos quando ele decidisse falar de novo. Se isso acontecesse. Não falaria nada até que o Senhor lhe dissesse para falar. Por enquanto, deixaria que imaginassem. Ele estava além das explicações, cansado de tentar convencê-los a ir atrás da vontade de Deus.

"Eu aguardo em Vós, Senhor. Até que eu dê meu último suspiro, aguardo em Vós. Dizei-me o que devo fazer com meus filhos."

Acsa se aproximou. Colocou a mão sobre o ombro dele e se ajoelhou ao seu lado, com uma tigela de alguma coisa marrom na mão. Ele fez uma careta ao olhar para aquilo. Os poucos dentes que lhe sobraram estavam desgastados e doíam. Estava reduzido a comer carne bem picada e vegetais amassados. Não sabia nem dizer o que ela estava lhe oferecendo.

Ela colocou a tigela nas mãos dele.

– Por favor, pai, coma um pouco. O senhor precisa se manter forte.

Não adiantaria dizer a ela que tinha perdido o olfato e o paladar e que comer aquela massa era um teste de vontade.

– O que o está incomodando, pai? – Hur olhou para ele do outro lado do cômodo.

Moza deu de ombros.

– Ele está velho, é isso que o incomoda. – Ele chamou Acsa e levantou o copo para que ela enchesse com vinho.

Harã comeu uma tâmara.

– Ele mal come.

– Ele não lidera mais um exército.

– Ele não fala uma palavra há dias.

Acsa serviu vinho no copo de Calebe.

– Talvez ele esteja cansado de falar e ser ignorado.

O irmão mais velho dela, Seber, fez uma careta.

– Vá cuidar da sua vida, garota, e deixe os homens cuidando da deles.

Calebe tensionou o maxilar. Não era a primeira vez que escutava os filhos falando com a irmã com tanto desdém. Até algumas das esposas de seus filhos a tratavam como uma estrangeira, uma criada. E Acsa tinha mais fé do que todos eles juntos.

– Talvez a mente dele esteja indo. – Seber não pareceu se entristecer com a possibilidade.

– O povo ainda o reverencia. Se a mente dele está indo, não devemos contar para ninguém, para não o envergonhar.

Calebe percebeu que os filhos o estavam analisando. Não levantou a cabeça nem olhou para eles, apenas comeu devagar, com a mão trêmula.

– Ele está orando – disse Acsa, com carinho.

– Por sete dias? Nenhum homem ora por tanto tempo.

– Moisés ficou quarenta dias e quarenta noites na montanha.

Seber dispensou a irmã.

– *Moisés*. Sim. Nosso pai acredita em Deus, mas ele é um guerreiro, não um profeta.

– Deus o escolheu depois de Josué...

– Saia daqui, garota, vá dar comida para as cabras. – Saafe gesticulou. – Vá tecer lã. Saia do nosso pé.

Calebe escutou barulho de louça e pé batendo no chão.

– Talvez Acsa esteja certa e ele esteja orando.

– Estamos em paz. Prosperando. Por que orar agora?

Calebe perdeu o pouco apetite que tinha. Tremendo, inclinou-se para colocar a tigela no chão.

– É melhor tirar isso dele antes que se suje todo.

Hebrom pegou a tigela e a levou.

– Eu nunca o vi orar mais do que algumas horas direto. – Tiraná fitou o pai.

O GUERREIRO

– Temos que fazer alguma coisa com Acsa.
– O que tem Acsa?
– Precisamos encontrar um marido para ela.
– A filha de Messa é um ano mais nova do que nossa irmã e já se casou e tem um filho. Acsa precisa de filhos.
– Ela tem quatro irmãos. Não precisa de filhos.
– Além disso, precisamos dela aqui.

Seus filhos ficaram quietos apenas tempo suficiente para que Calebe soubesse que estavam olhando para ele. O calor da raiva subiu para seu rosto, mas ele continuou em silêncio.

Cheio com a refeição suntuosa, Seber se recostou soltando um arroto.
– Ela está satisfeita.

Satisfeita? Como eles conheciam e se importavam pouco com a irmã.
– Vamos deixá-la em paz. Se ela quiser se casar, vai falar com nosso pai, e ele decide o que fazer com ela.

Era fácil vê-los supondo que ele não faria nada por causa da conveniência de ela cuidar dele. Manteve a cabeça baixa, fingindo cochilar. Deixe que pensem que ele era um homem velho e cansado, incapaz de mastigar o próprio pão. Um a um, seus filhos se levantaram e foram trabalhar ou se divertir.

Acsa voltou e se ajoelhou ao seu lado. Ela pegou um pedaço de pão, mergulhou-o no vinho e levou até a boca dele.
– Só um pouco, pai, por favor. Não desista.

Ele olhou dentro dos olhos dela. Os outros não precisavam mais dele. Estavam seguindo com suas vidas, seguindo em frente sem nem pensar nele. Mas ela era diferente. Estava determinada a fazê-lo seguir em frente. Por quê?

"Oh, Senhor, estou cansado. Meu coração está doente. Não deixeis que eu viva o suficiente para ver os meus filhos se afastarem de Vós. Permitais que eu morra antes que esse dia chegue."

Incapaz de impedir as lágrimas, ele abaixou a cabeça e as deixou escorrer, os ombros sacudindo.

– Deus da misericórdia e da força – falou Acsa baixinho, chorando ao orar fervorosamente. Por ele. – Dai ao meu pai a força que ele tinha, Senhor. Precisamos dele. Se ele se for agora, o que será do nosso povo? Quem vai se levantar e gritar o Vosso nome? Quem...?

Calebe parou de chorar ao escutar sua filha. Sua mente se abriu, como se a mão de alguém tivesse aberto uma cortina para que ele pudesse ver com clareza. Seus filhos o amavam da mesma forma que ela o amava? Eles escutavam o que ele dizia com coração e mente abertos, absorvendo as lições que ele tinha para ensinar, embora suas palavras viessem do próprio Senhor? *Acsa. Doce Acsa.* Futuro e esperança estavam diante dele. Essa garota era mais parecida com ele do que todos os seus filhos juntos. Eles lhe causavam um sofrimento interminável, ela vivia para agradá-lo. Ela permanecia ereta enquanto os outros envergavam com o vento.

– Então, dê-me uma espada! – pedira ela uma vez. Uma espada.

Seu fardo ficou mais leve, e ele soltou um longo suspiro.

– Acsa. – Tremendo, ele pousou a mão sobre ela. – Deus nos respondeu.

Ela levantou a cabeça, olhos vermelhos e rosto pálido por causa do choro. Respirando fundo, ela sentou-se sobre os calcanhares, com os olhos iluminados.

– O que Ele disse, pai?

O braço dela estava arrepiado ao se inclinar para mais perto dele, ansiosa para escutar.

– Preciso encontrar um marido para você.

Ela ficou branca.

– Não.

– Sim.

As lágrimas dela começaram a cair de novo, mas, desta vez, de raiva.

– Por quê? – Ela o fitou, furiosa. – O senhor inventou isso. Deus não disse isso!

O guerreiro

Calebe pegou o rosto dela entre suas mãos e o segurou, tremendo.

– Eu não inventei. Você deve se casar. Agora, me diga com quem. Basta me dar o nome.

Ela arregalou os olhos.

– Não sei.

Ele abriu o coração e enviou uma oração para o céu. "Quem, Senhor? Quem deve ser o marido da minha filha?"

"*Pergunte a ela.*"

Se ela não soubesse o nome, devia saber outras coisas. Mas o quê? O quê?

– Pai, não se incomode com isso.

– Psiu. – Ele devia estar parecendo louco em sua frustração. Ele a soltou e deu um tapinha em sua face. – Deixe este velho pensar.

"Senhor, o que devo perguntar? O quê?"

E, então, veio a ele.

– Que tipo de homem você quer?

– Nunca pensei nisso.

– Você deve ter pensado. Agora me diga.

– Eu vejo os homens que existem, e não quero nenhum deles. Por que eu ia querer que algum deles fosse meu marido? Prefiro morrer a...

– Responda à pergunta. O que é preciso para lhe satisfazer? Para deixá-la feliz. Pense!

Ela fechou as mãos até que as juntas ficassem brancas.

– Alguém que ame a Deus acima de tudo e todos. Alguém que mantenha a aliança. Alguém que não desvie o olhar quando os inimigos de Deus voltarem para a terra que Deus nos deu. Alguém que escute quando do Deus falar. Um homem com o coração de um guerreiro. – Ela o fitou com lágrimas dos olhos. – *Alguém como meu pai!*

Ele sorriu com tristeza.

– Alguém muito melhor do que eu, acho. Você quer um profeta.

– Nada menos. – Os olhos dela tinham a força de uma leoa. – Se eu puder escolher.

– Vá chamar seus irmãos para mim.

A confiança dela murchou.

– Não, pai, por favor...

– Você confia em mim?

Ela mordeu o lábio.

Ele soltou uma gargalhada seca. Por que ela *deveria* confiar nele? Alguma vez colocara os interesses dela acima dos interesses de seus filhos? Seu olhar estava tão concentrado neles que deixara de pensar nela. Mas ela escutara a Palavra do Senhor. Acsa cultivava esperança e se agarrava a ela, assim nutrindo sua alma.

– Pai, permita que eu fique com o senhor. – Lágrimas escorriam pelo rosto dela. – Permita que eu sirva o senhor. – Ela baixou a cabeça.

Ele pegou no queixo dela e o levantou.

– Acsa, minha filha, você confia em *Deus*? – Ele já sabia a resposta, mas queria escutar saindo dos lábios dela.

– Sim.

– Então, confie Nele e vá chamar seus irmãos. Deus conhece os planos que tem para você, e é pelo seu futuro e pela *nossa* esperança.

Resignada, ela se levantou para obedecer.

Calebe levantou as mãos aos céus. "Na minha agonia, clamei pelo Senhor. E Vós respondestes."

Um líder se levantaria por sua filha. E um exército sairia e seria vitorioso.

* * *

Calebe olhou para todos os rostos que vieram atender ao seu chamado. Nem todas as famílias de Judá estavam representadas, mas não importava. Deus sabia o que fazia. Em algum lugar no meio desses homens estava o homem que seria convocado por Deus. Talvez ele já tivesse sentido a orientação de Deus e estivesse perdido ou incerto. Mas o que estava diante de Calebe agora era certo. Aquele que escutasse e agisse sobre o que seria falado naquele dia seria o escolhido de Deus para julgar Israel.

Os homens conversavam entre eles, e Calebe não tinha mais força para gritar. Seus filhos estavam à sua volta, seu neto Hebrom lhe apoiando. Como eles interpretariam o que ele tinha para anunciar? Ele cutucou Hebrom.

– Peça ordem para eles.

– Silêncio! Deixem Calebe falar.

Os homens ficaram quietos.

Calebe fez um gesto para que se aproximassem, e eles obedeceram.

– Sou um homem velho e não posso mais liderá-los na batalha. Outro precisa ascender e tomar meu lugar.

– E os seus filhos? E Messa? Ou Hur?

Calebe estendeu a mão, e todos ficaram em silêncio de novo.

– Neste momento, o Senhor está preparando alguém para nos liderar. Neste momento... – Ele olhou para os rostos dos homens ali reunidos –, um de vocês... – Seus olhos não eram mais como antes, sua visão estava embaçada. – Eu os chamei aqui para lembrá-los do trabalho que ainda precisa ser feito. Os cananeus ainda habitam Quiriate-Sefer. Deus nos mandou tomar essa terra e expulsar os habitantes. Os inimigos de Deus estão fortalecidos com a nossa falta de ação. Precisamos concluir o trabalho que Deus nos deu. Não entramos na terra para fazer as pazes com os inimigos de Deus, mas para destruí-los!

Alguns homens gritaram, concordando, mas seus filhos não estavam entre eles. Talvez aquele que o Senhor chamou aqui iria renovar a visão e acelerar o espírito de obediência ao Senhor. "Que assim seja, Senhor. Que assim seja!"

– Pai. – Hur se aproximou. – Era só isso que o senhor queria dizer?

Eles estavam impacientes, ansiosos para ir cuidar da própria vida, não tinham tempo para contemplação.

– Não. –

Calebe tinha tanto para falar, palavras que eles já tinham escutado tantas vezes. Eles eram como seus pais tinham sido, lentos para obedecer ao

Senhor, rápidos para esquecê-Lo. Se ele dissesse o que dissera tantas vezes antes, eles não escutariam. "Senhor, como Vós nos suportais? É um espanto que não tenhais nos varrido da face da terra depois que Vos testamos tantas vezes no deserto!"

A cólera fez seu sangue ferver, mas a sabedoria fez com que fosse breve.

– O Senhor Deus de Abraão, Isaque e Jacó me deu as montanhas. Meus filhos reivindicaram suas partes e assentaram suas famílias nelas. Mas ainda existe uma terra a ser conquistada, terra que Deus me deu e que ainda não foi reivindicada. Eu dou Neguev para minha filha Acsa como herança.

Ele escutou seus filhos prendendo a respiração.

– Acsa?

Calebe elevou o tom de voz.

– As filhas de Zelofead foram colocadas diante de Moisés e de Eleazar, dos líderes e de toda a congregação, e receberam terras entre as terras dos irmãos de seu pai. Eu tenho muitos filhos. Messa, meu primogênito, recebeu sua parte em dobro. Um filho foi promovido no lugar de Ardon, que morreu na batalha, e recebeu sua parte. Os outros receberam suas partes da terra que tomamos. Mas o Senhor Deus também me deu Neguev, e Quiriate-Sefer está mais uma vez nas mãos dos anaquins. A parte que ainda não foi conquistada pertencerá à minha filha, cuja fé é como um fogo que queima dentro dela. Homens poderosos virão dela!

Ele bateu com a bengala no chão e deu um passo à frente.

– Escutem-me, filhos de Judá. Darei a mão da minha filha Acsa em casamento ao homem que atacar e conquistar Quiriate-Sefer!

* * *

Calebe escutou passos e se esforçou para se levantar. Acsa se apressou para ajudá-lo a sentar-se, colocando almofadas atrás dele.

Ele escutou um homem ofegante falando do lado de fora.

– Entre! – chamou Calebe. – Entre! – Ele colocou a mão por cima da de Acsa. Ela estava tremendo e pálida, os olhos escuros arregalados.

Salma, filho de Hur, entrou, o rosto manchado de poeira e suor. Ele se ajoelhou e fez uma reverência.

– Quiriate-Sefer está nas nossas mãos. Não tem mais anaquins!

Calebe sentou-se ereto, tremendo com o esforço.

– Quem foi o líder?

– Otniel! – O rapaz levantou a cabeça, os olhos brilhando. – Otniel, filho de Quenaz! – Ele ficou de pé e levantou a mão. – Ele invadiu os portões e destruiu o inimigo. Sua mão foi pesada sobre eles, que caíram para todos os lados. Ele não descansou até que não restasse mais nem sequer um deles! – Salma descreveu a batalha com detalhes, o rosto iluminado com excitação e triunfo. – O Senhor nosso Deus nos deu Quiriate-Sefer!

Calebe viu que Otniel tinha feito mais do que conquistar Quiriate-Sefer. Tinha incendiado os filhos de Judá. E, se pudesse julgar por esse jovem, talvez ele até tivesse feito os filhos de Calebe se voltarem de novo para o Senhor. Sua garganta se apertou com lágrimas de gratidão. Ah, que o filho de Quenaz, irmão mais novo de Calebe, o primeiro entre os membros da família que o tinham seguido para o campo dos israelitas, pudesse ver esse dia. Calebe agradeceu a Deus por ser um homem do seu próprio sangue que agora estaria à frente de Israel e os levaria de volta ao caminho da fé.

– O Senhor é nossa força e nosso libertador!

– Bendito seja o nome do Senhor.

Acsa baixou a cabeça.

– Acsa.

Calebe colocou a mão sobre a dela, que levantou a cabeça e olhou dentro dos olhos dele. O olhar era suave, de amor e marejado de lágrimas. Ela pegou a mão dele e deu um beijo suave. Então, levantou e o deixou.

Calebe fez um gesto para Salma.

– Quero ir lá para fora. – Ele queria ver as idas e vindas daqueles que amava.

Salma o ajudou a se levantar e o apoiou enquanto ia mancando para fora e se sentava embaixo da sombra da oliveira, onde se recostou.

– Meus filhos?

– Estão todos bem.

– Graças a Deus.

Calebe deu sua bênção ao garoto e o dispensou. Então, esperou enquanto olhava as montanhas. Otniel chegaria e, com ele, Messa e seus outros filhos e netos.

Uma atividade animada chamou sua atenção. Surpreso, viu Acsa sair de sua casa vestida de noiva. Coberta por véus, ele não conseguia ver o rosto dela. Ela falou com uma criada e ficou parada ali, iluminada pelos raios de sol, esperando. Trouxeram uma mula para ela, que se virou para o pai de novo e fez uma reverência com a cabeça, mostrando seu profundo respeito. Ficou assim por um longo momento, então, se endireitou, montou na mula e se afastou.

Todos haviam julgado a menina de forma errada, incluindo ele. Ela não esperou que seu marido viesse a ela, mas foi encontrá-lo. Ela deu um tapinha na lateral da mula, e o animal trotou mais rápido. Ele sorriu. Pelo menos, ela não estava indo arrastada, cheia de dúvidas e hesitação. Não, ela saiu ansiosa para encontrar o homem que Deus escolhera para ela.

Conforme a distância entre eles crescia e Acsa ia ficando cada vez menor, Calebe sentiu uma mistura de tristeza e alegria. Até esse momento em que a observava se afastar, ele não tinha percebido quanto conforto a presença de sua filha lhe trazia.

Nunca se sentira tão só.

* * *

Os dias passaram devagar, até que veio a notícia de que seus filhos estavam voltando, Otniel na frente e Acsa com eles.

– Acsa!

Fraco demais para se levantar, Calebe pediu que os criados o levassem para fora. Eles o levantaram e carregaram, deixando-o em uma posição confortável para ver a procissão que chegava à sua aldeia. Acsa vinha montada ao lado de seu marido, não atrás dele.

O GUERREIRO

Otniel foi o primeiro a aproximar-se dele e cumprimentá-lo com o respeito devido a um pai. Então, corando, ele pediu um campo que já estivesse produzindo grãos. Surpreso, Calebe pensou por um momento. Levaria tempo para dominar Neguev. Calebe aceitou seu pedido. Então, vieram os filhos de Calebe, beijando-o e contando animadamente sobre a batalha. Então dispersaram e foram encontrar suas famílias.

Otniel foi até Acsa e falou com ela, que sorriu e colocou as mãos sobre os ombros do marido, desmontando graciosamente da mula. Ela disse algo para Otniel, que balançou a cabeça. Ela falou de novo e aproximou-se de Calebe. Não estava mais usando véu, mas seu cabelo estava coberto. Ela se tornara mulher nos últimos dias, pois havia um ar diferente nela. Ela se ajoelhou ao lado de Calebe, as mãos cruzadas sobre o colo.

– Obrigada por garantir um campo para meu marido, pai.

Calebe levantou as sobrancelhas.

– Você que sugeriu que ele pedisse?

Ela corou, da mesma forma que o marido antes.

– Precisamos de grãos para nos sustentar até que os inimigos de Deus sejam expulsos de Neguev.

– Provisões. – Ele abaixou a cabeça e a fitou. – Do que precisam? O que posso fazer por vocês?

Ela respirou fundo.

– Preciso de mais uma bênção. O senhor já foi muito generoso me dando terra em Neguev; por favor, me dê fontes de água também.

Calebe sorriu. Ela era inteligente e corajosa. Ele só havia pensado na terra, não nas provisões necessárias para cuidar dela.

– Pode ficar com as fontes das terras altas e das terras baixas.

Era hora de comemorar, de banquetear e agradecer. Ele observou seus filhos dançarem em volta da fogueira e escutou as músicas de louvor. Sua filha dançou com as mulheres, o rosto iluminado enquanto girava e levantava as mãos.

Calebe cochilou um pouco, muito satisfeito.

Quando acordou, a comemoração ainda estava ocorrendo, as estrelas brilhando no céu da noite. Ele viu Acsa e Otniel parados perto da fogueira, sozinhos, conversando. Otniel levantou a mão e a tocou. Era um gesto de carinho. Quando Acsa se aproximou mais do marido, Calebe fechou os olhos.

Otniel e Acsa foram até ele antes de seguirem para o sul. Ele sabia que seria a última vez que veria sua filha, pois era um homem velho, e a morte estava se aproximando rapidamente. Quando ela se ajoelhou diante dele, ele pegou o rosto dela em suas mãos e olhou dentro de seus olhos.

– Não chore.

– Como não chorar? – Ela se jogou nos braços dele e enterrou o rosto no ombro do pai.

– Tive uma vida longa e fui testemunha dos sinais e das maravilhas de Deus. Algum homem poderia pedir uma bênção maior do que essa? E, agora, tenho apenas esperança para o futuro. E essa esperança está em você. – Ele a abraçou mais apertado. – Seu marido está esperando. – Conforme ela se afastava, ele segurou o rosto dela e beijou suas bochechas e testa. – Que o Senhor a abençoe com muitos filhos tementes a Deus.

Ela sorriu por trás das lágrimas.

– E filhas.

– Que seus filhos sejam como você.

Otniel a ajudou a levantar-se, deixando a mão levemente pousada sobre ela, um gesto possessivo que agradava Calebe. Ele sabia que tinha ganhado algo precioso, para ser protegido e amado. Um homem sábio que viu o que ele mesmo deixara de ver por muito tempo.

Calebe estendeu os braços como se quisesse abraçar os dois.

– Que a justiça esteja sempre com vocês e que a glória do Senhor os proteja.

Não conseguiu vê-los se afastar para a viagem, pois alguns parentes de Otniel e alguns dos seus próprios netos os seguiram, ansiosos agora para travar uma guerra e expulsar os inimigos de Deus da terra.

"Que eles tenham êxito desta vez, Senhor. Que não parem para descansar até que o último inimigo tenha sido aniquilado!"

Mas Calebe sabia que os homens são fracos. Eram como ovelhas que precisavam desesperadamente de um pastor. Contanto que tivessem um, eles seguiam.

"Que todos os pastores sejam homens justos, honestos e íntegros, que seguirão as Suas leis e mandamentos, Senhor. Nós vamos nos erguer na fé e cair no pecado de novo, não vamos, Senhor? Esse é o nosso destino?"

Os criados vieram levantá-lo de sua esteira.

– Não, me deixem aqui um pouco mais. – Ele fez um gesto impaciente quando eles não foram embora. – Vão! – Quando eles se viraram para obedecer, Calebe os chamou de volta. – Tragam a minha espada. – Confusos, eles hesitaram. – Minha espada!

Um jovem correu para obedecer à ordem de Calebe e lhe trouxe a arma. Ele se abaixou em uma reverência, entregando o cabo para Calebe, que segurou a espada mais uma vez.

Lembrou-se da época em que ia para a batalha com esta mesma espada, balançando-a de um lado para o outro por horas a fio, sem se cansar. Agora, mal tinha força para levantá-la. Com o braço tremendo, usou toda a sua força de vontade para não a deixar cair.

– Pode ir agora.

"Como pode ser, Senhor, que, dentro desta casca envelhecida do meu corpo, meu coração ainda pulsa por uma batalha? Eu me lembro do dia em que transformei meu arado nessa espada. Achei que chegaria o dia em que eu a queimaria no fogo, a colocaria sobre a bigorna e ela voltaria a ser um arado. Mas não era para ser. Mesmo agora, sei que a batalha está longe de acabar.

Nós clamamos por um libertador, e Vós nos enviastes Moisés. Quando o faraó se recusou a deixar o Vosso povo ir embora, Vós mandastes pragas para o Egito. Vós abristes o mar para nós fugirmos e o fechastes em cima do exército dos Vossos inimigos. Vós nos destes sombra com uma nuvem durante o dia e nos protegestes com uma coluna de fogo durante a noite. Vós nos alimentastes com maná vindo do céu e água da pedra. Vós saciastes a minha alma sedenta e meu coração faminto com o que é bom e duradouro."

Calebe cochilou no sol da tarde, sua força se esvaindo, sua respiração ficando mais lenta. Viu um templo surgir, branco e dourado, brilhando glorioso. Um forte vento veio e soprou toda a terra, e o templo desmoronou. As pessoas choravam ao serem levadas acorrentadas. E, então, outra procissão subiu a montanha e outro templo se ergueu, menos grandioso, com muros à sua volta e um homem nas ameias gritando para os trabalhadores.

– Não tenham medo. Não desistam. Terminem o trabalho que Deus lhes deu!

Mas, de novo, a destruição veio, outro templo se ergueu, dessa vez mais grandioso.

E uma luz tão forte brilhou que Calebe sentiu dor, gemeu e apertou seu coração.

"Oh, Deus, oh, Deus, Vós precisais fazer isso? Vós sois perfeito! Vós sois santo!"

E, então, o céu escureceu, mas logo brilhou de novo, luz se espalhando devagar por toda a terra como um novo amanhecer.

Mais uma vez a destruição veio.

A alma de Calebe gritava em agonia. Seu coração despedaçou.

"Oh, Senhor, será sempre assim? Oh, Senhor, Senhor!"

Os céus se abriram, e veio Alguém montado em um cavalo branco, saindo em galopes rápidos de nuvens rodopiantes, com uma espada na mão, e sobre Ele gravado *Fiel e Verdadeira, a Palavra de Deus*. Exércitos vieram atrás Dele, vestidos com roupas finas e limpas de linho branco, seguindo-O. Calebe escutou o soar do shofar. Ansioso para obedecer ao chamado de batalha, agarrou o cabo de sua espada, meio se levantando de sua esteira.

– Senhor! *Sim!*

"Rei dos Reis, Senhor dos Senhores!"

O GUERREIRO

Uma miríade cantando.

– Santo! Santo! Santo!

Calebe prendeu a respiração ao ver a explosão de cores: vermelho, amarelo, azul, roxo. Luz cintilando, água correndo, vida pulsando.

"Espere e verá."

Soltando a respiração em um suspiro longo e lento, Calebe deixou sua espada cair ao seu lado. Fechou os olhos. Agora, podia descansar. Pois sabia que um dia acordaria e se levantaria de novo forte.

BUSQUE E ENCONTRE

Caro leitor,

Esperamos que tenha gostado dessa história fictícia da vida de Calebe, líder de tribo, mestiço, espião e amado de Deus. Essa poderosa história de fé e obediência escrita por Francine Rivers foi feita para estimular seu desejo. A maior vontade dela é levá-lo de volta para a Palavra de Deus a fim de chegar a uma conclusão sozinho sobre a verdade a respeito de Calebe: sua persistência, suas promessas e sua fonte de paz.

O estudo bíblico a seguir foi feito para guiá-lo pelas Escrituras na *busca* pela verdade sobre Calebe e para *encontrar* as aplicações para a sua própria vida.

A caminhada de Calebe com Deus fez com que ele confiasse no Senhor mesmo quando as circunstâncias gritavam "não é justo". Sua lealdade exigia obediência a todo custo. A confiança dele nas promessas de Deus trazia calma no meio do turbilhão. A fé de Calebe permaneceu inabalável e só cresceu durante a sua vida. Ela o energizava, mesmo em idade avançada, a aspirar por tudo que Deus prometera.

Que Deus o abençoe na sua busca por Ele para encontrar as respostas para os turbilhões e as desigualdades da sua vida. E que Ele o encontre fiel e resoluto em sua jornada com Ele.

Peggy Lynch

RELATO DE UM ESPIÃO

Busque a verdade na Palavra de Deus

Leia a seguinte passagem:

"O Senhor disse agora para Moisés:
– Envie homens para explorar a terra de Canaã, a terra que estou dando para Israel. Mande um líder de cada uma das doze tribos ancestrais.

Então, Moisés fez o que o Senhor mandou. Enviou doze homens, todos líderes de tribos de Israel, do acampamento deles no deserto de Parã. Estes são os líderes e suas respectivas tribos:

Tribo	Líder
Rúben	Samua, filho de Zacur
Simeão	Safate, filho de Hori
Judá	Calebe, filho de Jefoné
Issacar	Igal, filho de José

O GUERREIRO

Efraim	Oseias, filho de Num
Benjamim	Palti, filho de Rafu
Zebulom	Gadiel, filho de Sodi Manassés
	Gadi, filho de Susi
Dã	Amiel, filho de Gemali
Aser	Setur, filho de Micael
Naftali	Nabi, filho de Vofsi
Gade	Geuel, filho de Maquii

Esses são os nomes dos homens que Moisés mandou para explorar a terra. Nessa ocasião, Moisés já tinha mudado o nome de Oseias para Josué."

Números 13:1-16

A primeira menção a Calebe nas Escrituras aparece nessa passagem. Quem era Calebe? Qual sua posição?

_____

_____

O que era necessário para ele conseguir e manter essa posição?

_____

_____

Leia a seguinte passagem:

"Moisés deu as seguintes instruções para os homens ao mandá-los para explorar a terra:
– Sigam para o norte atravessando Neguev, pela região montanhosa. Vejam como é a terra e descubram se o povo que vive lá é forte ou fraco, pequeno ou numeroso. Em que tipo de terra vivem? É boa ou ruim? As cidades têm muros ou são desprotegidas? Como

é o solo? Fértil ou pobre? Tem muitas árvores? Entrem na terra com coragem e tragam amostras das colheitas que encontrarem. (Aconteceu de ser na temporada de colheita de uvas maduras.)

Então, eles foram para o norte e exploraram a terra desde o deserto de Zim até Reobe, perto de Hamate. Indo ainda mais para o norte, passaram primeiro por Neguev e chegaram a Hebrom, onde Aimã, Sesai e Talmai, descendentes de Anaque, moravam. (A cidade antiga de Hebrom foi fundada sete anos antes da cidade egípcia de Zoã.) Quando chegaram ao lugar que hoje é conhecido como vale do Escol, cortaram um cacho de uvas tão grande que era preciso dois deles para carregar pendurado em uma vara entre eles! Também pegaram amostras de romãs e figos. Na época, os israelitas deram o nome de vale de Escol (cacho), por causa do cacho de uvas que cortaram ali.

Depois de explorar a terra por quarenta dias, os homens voltaram para Moisés, Aarão e para o povo de Israel em Cades, no deserto de Parã. Eles contaram para toda a comunidade o que tinham visto e mostraram as frutas que pegaram da terra. Falaram para Moisés:

– Nós chegamos à terra para onde nos mandou, e ela é realmente magnífica, uma terra em que jorram leite e mel. Eis algumas frutas como prova. Mas o povo que vive lá é poderoso, e as cidades são fortificadas e muito grandes. Também vimos os descendentes de Anaque que moram lá! Os amalecitas moram em Neguev, e os hiteus, jebuseus e amorreus vivem nas montanhas. Os cananeus moram na costa do mar Mediterrâneo e no Vale do Jordão.

Mas Calebe tentou encorajar o povo que estava diante de Moisés.

– Vamos logo tomar a terra. Nós certamente podemos conquistá-la! – disse ele.

Mas os outros homens que exploraram a terra com Calebe responderam:

– Não podemos enfrentá-los. Eles são mais fortes do que nós! – E, assim, eles espalharam entre os israelitas relatos desencorajadores sobre a terra: – A terra que exploramos vai engolir qualquer um que vá morar lá. Todas as pessoas que vimos lá são enormes. Vimos até gigantes, os descendentes de Anaque. Nós nos sentimos como gafanhotos perto deles, e era isso que parecíamos para eles!"

Números 13:17-33

Que instruções foram dadas para os doze homens? Quanto tempo levaram para completar a missão?

_____

_____

O que os homens encontraram? Quais provas levaram com eles?

_____

_____

Qual era a natureza dos relatos dos espiões? Como foi a atitude deles?

_____

_____

Qual foi o relato de Calebe? Qual a diferença na atitude dele?

_____

_____

Descubra os caminhos de Deus para você

Descreva uma época em que você seguiu o rebanho. Qual foi o resultado? O que aprendeu?

_____

_____

Descreva uma época em que ficou sozinho. Qual foi o resultado? Como se sentiu?

_____

_____

"Oh, Senhor, Vós sois meu refúgio, nunca deixeis que eu caia em desgraça. Salvai-me! Protegei-me dos meus inimigos, pois Vós sois justo. Virai seu ouvido para escutar e libertai-me. Sejais para mim um porto seguro, onde eu sempre seja bem-vindo."

Salmo 71:1-3

Quais são alguns dos motivos para não temermos ficar sozinho?

_____

_____

Pare e reflita

"Eu posso tudo com a ajuda de Cristo, que me dá a força de que preciso."

Filipenses 4:13

SÁBIO CONSELHO

Busque a verdade na Palavra de Deus

Leia a seguinte passagem:

"Então todo o povo começou a chorar alto, e choraram a noite toda. As vozes se juntaram em um grande coral de reclamações contra Moisés e Aarão.
– Preferíamos ter morrido no Egito, ou mesmo aqui no deserto! – lamentavam.
– Por que o Senhor está nos levando para essa terra para morrermos em batalha? Nossas esposas e filhos serão feitos de escravos! Vamos sair daqui e voltar para o Egito!
Então, fizeram planos juntos.
– Vamos escolher um líder e voltar para o Egito!
E Moisés e Aarão se colocaram em oração, com o rosto no chão, diante do povo de Israel. Dois dos homens que exploraram a terra,

Josué, filho de Num, e Calebe, filho de Jefoné, rasgaram suas roupas. Disseram para a comunidade de Israel:

– A terra que exploramos é maravilhosa! E, se o Senhor estiver satisfeito conosco, Ele nos levará em segurança para a terra e a dará para nós. É uma terra rica, onde jorram leite e mel, e Ele a dará para nós! Não se rebelem contra o Senhor e não tenham medo do povo da terra. Eles são apenas presas indefesas para nós! Eles não têm proteção, pois o Senhor está conosco. Não tenham medo deles!

Mas toda a comunidade começou a falar sobre apedrejar Josué e Calebe. Então, de cima do Tabernáculo, a gloriosa presença do Senhor apareceu para todos os israelitas. E o Senhor disse para Moisés:

– Por quanto tempo esse povo vai me rejeitar? Nunca vão acreditar em mim, mesmo depois de todos os milagres que fiz entre eles? Vou renegá-los e destruí-los com uma praga. E, então, transformarei seus filhos em uma nação maior e mais poderosa do que a deles!

– Mas o que os egípcios vão pensar quando souberem disso? – Moisés implorou ao Senhor. – Eles sabem muito bem o poder que demonstrastes para libertar esse povo do Egito. Eles vão contar para os habitantes dessa terra, que sabem que Vós estais como este povo. Eles sabem que Vós apareceis para eles na coluna de nuvem durante o dia e na coluna de fogo durante a noite. No entanto se Vós massacrardes todo esse povo, as nações que escutaram sobre Vossa fama dirão: 'O Senhor não conseguiu levá-los para a terra que prometeu dar a eles, então os matou no deserto'."

Números 14:1-16

Descreva a atmosfera no acampamento depois dos relatos dos espiões. Quais planos o povo propôs?

_____

_____

Quando Moisés e Aarão se colocaram em oração com o rosto no chão, quais palavras de conforto Calebe e Josué deram? Qual aviso eles deram?

_____

_____

O que especificamente demonstrou a fé de Calebe e Josué?

_____

_____

Como o povo respondeu aos avisos?

_____

_____

Descreva a resposta de Deus ao comportamento do povo.

_____

_____

Descubra os caminhos de Deus para você

Discuta sobre uma época em que você foi um mediador. Por que foi memorável?

_____

_____

Que conselho você deu? Qual foi o resultado?

_____

_____

"Pessoas que desprezam conselhos se encontrarão em situações difíceis; aqueles que respeitam serão bem-sucedidos. O conselho do sábio é como uma fonte de vida: aqueles que aceitam evitam as ciladas da morte."

Provérbios 13;13-14

Aplique esses versículos a Calebe e aos israelitas. Aplique-os a você mesmo.

Pare e reflita

"Aquele que andar com o sábio se tornará sábio; aquele que andar com tolos sairá prejudicado."

Provérbios 13:20

DEUS VÊ

Busque a verdade na Palavra de Deus

Leia a seguinte passagem:

"[Moisés disse:]
– Por favor, Senhor, provai que Vosso poder é tão grande quanto proclamais. Vós dissestes: 'O Senhor demora a ficar com raiva, mas é rico em amor inabalável, perdoando todo tipo de pecado e rebelião. Mesmo assim, ele não deixa pecado sem punição e pune filhos pelos pecados dos pais até a terceira e quarta gerações'. Por favor, perdoai os pecados desse povo por causa do Vosso amor inabalável, assim como os perdoastes desde que eles saíram do Egito.
Então, o Senhor disse:
– Eu irei perdoá-los, como você pediu. Mas, tão certo quanto eu vivo, e tão certo quanto a terra transborda a glória do Senhor, nenhuma dessas pessoas entrará naquela terra. Eles viram a minha

gloriosa presença e os milagres que fiz no Egito e no deserto, mas, de novo, me testaram ao se recusarem a me escutar. Eles nunca verão a terra que prometi dar para seus ancestrais. Nenhum desses que me tratou com desdém entrará nela. Mas meu criado Calebe é diferente dos outros. Ele se manteve fiel a mim, e eu o levarei até a terra que explorou. Seus descendentes receberão sua parte inteira daquela terra. Agora, deem meia-volta e não sigam para a terra onde vivem os amalecitas e os cananeus. Amanhã, devem partir para o deserto na direção do mar Vermelho."

Números 14:17-25

Faça uma lista com tudo que aprendeu sobre o caráter de Deus na oração de Moisés.

___

___

O que essa oração lhe diz sobre Moisés?

___

___

Qual é o plano de Deus para o povo agora? Por quê?

___

___

Quais as novas instruções dadas para o povo?

___

___

Como Deus descreve Calebe?

___

___

Qual é o plano de Deus para Calebe e sua família?

Descubra os caminhos de Deus para você

Quem você procura em momentos de crise? Por quê?

O que isso revela sobre você?

Como você acha que Deus o descreveria?

Pare e reflita

"Caros irmãos e irmãs, qualquer problema que lhe aparecer, deixe que seja uma oportunidade de alegria. Pois, quando a sua fé é testada, sua resistência tem uma chance de crescer. Então, deixe que cresça, pois, quando a sua resistência estiver totalmente desenvolvida, você será mais forte de caráter e estará pronto para qualquer coisa."

Tiago 1:2-4

A PRECIPITAÇÃO

Busque a verdade na Palavra de Deus

Leia a seguinte passagem:

"Então, o Senhor disse para Moisés e Aarão:
– Por quanto tempo essa nação maldita irá reclamar de mim? Tenho escutado tudo que os israelitas dizem. Diga a eles o seguinte: 'Com a mesma certeza que vivo, irei fazer com vocês as mesmas coisas que falaram. Eu, o Senhor, estou dizendo! Todos vocês irão morrer aqui no deserto! Porque reclamaram de mim, nenhum de vocês que têm vinte e sete anos ou mais e foi contado no censo entrará na terra que prometi dar a vocês. As únicas exceções serão Calebe, filho de Jefoné, e Josué, filho de Num. Vocês disseram que seus filhos seriam feitos escravos. Bem, eu os levarei em segurança para a terra, e eles irão desfrutar do que vocês desdenharam. Mas, quanto a vocês, seus corpos irão cair no deserto. E seus filhos serão como pastores, vagando no deserto por quarenta anos. Dessa forma, eles irão pagar pela falta de fé de vocês, até que o último de vocês morra no deserto.

O GUERREIRO

Porque os homens que exploraram a terra ficaram lá por quarenta dias, vocês vagarão pelo deserto por quarenta anos... um ano para cada dia, sofrendo as consequências de seus pecados. Vocês irão descobrir como é ter um inimigo.' Eu, o Senhor, estou dizendo! Eu farei essas coisas a todos os membros da comunidade que conspirou contra mim. Todos morrerão aqui no deserto!"

Então, os dez espiões que tinham incitado a rebelião contra o Senhor, espalhando relatos desencorajadores sobre a terra, foram atingidos pela praga e morreram diante do Senhor. Dos doze que exploraram a terra, apenas Josué e Calebe permaneceram vivos.

Quando Moisés contou as palavras do Senhor para os israelitas, o povo foi tomado pela tristeza. Então, na manhã seguinte, acordaram cedo e seguiram para a região montanhosa de Canaã.

– Vamos – disseram. – Sabemos que pecamos, mas agora estamos prontos para entrar na terra que o Senhor nos prometeu.

Mas Moisés disse:

– Por que agora estão desobedecendo às ordens do Senhor de voltar para o deserto? Não vai dar certo. Não entrem na terra agora. Vocês serão massacrados pelos inimigos porque o Senhor não está com vocês. Quando enfrentarem os amalecitas e os cananeus na batalha, vocês serão abatidos. O Senhor os abandonará, porque vocês abandonaram o Senhor.

Mas o povo seguiu em frente para as montanhas de Canaã, apesar de nem Moisés nem a Arca da Aliança do Senhor terem deixado o acampamento."

Números 14:26-44

Discuta o acampamento do ponto de vista de Deus.

O que você aprendeu sobre o povo até agora?

_____

_____

Quais foram as consequências para os doze espiões? Quais foram as exceções?

_____

_____

Quais foram as consequências para todo o acampamento, sem exceções?

_____

_____

Quais foram os avisos que Moisés deu para o povo? Como as pessoas reagiram?

_____

_____

O que isso revela sobre o relacionamento dos israelitas com Moisés e com Deus?

_____

_____

Descubra os caminhos de Deus para você

Analise uma época em que você precisou viver com as consequências dos atos de outras pessoas. Como você se sentiu?

_____

_____

Compartilhe uma situação em que tenha sido poupado das consequências que merecia. Como você se sentiu?

_____

_____

"Ninguém sente prazer ao ser castigado, é doloroso! Mas, depois, aqueles que passaram por isso colherão os frutos de uma vida justa."

Hebreus 12:11

O que você entende por castigo nesse versículo? Quais são as condições para "colher os frutos"?

_____

_____

Pare e reflita

"Caros irmãos e irmãs, suplico que entreguem seu corpo a Deus. Deixem que ele seja um sacrifício vivo e sagrado, Ele aceitará. Pense no que Ele fez para você; é pedir muito? Não copie o comportamento e os costumes desse mundo, deixe Deus transformá-lo em uma nova pessoa, mudando a sua forma de pensar. Então, você saberá o que Deus quer que você faça, e saberá o quão boa, satisfatória e perfeita é a vontade Dele."

Romanos 12:1-2

A PROMESSA CUMPRIDA

BUSQUE A VERDADE NA PALAVRA DE DEUS

Leia a seguinte passagem:

"Depois da morte de Seu servo Moisés, o Senhor falou com Josué, filho de Num, ajudante de Moisés. Ele disse:
– Agora que meu servo Moisés morreu, você deve guiar o povo pelo rio Jordão até a terra que estou dando a eles. Faço a você a mesma promessa que fiz a Moisés: toda terra que pisarem será de vocês. As fronteiras serão as seguintes: ao sul, o deserto de Neguev; ao norte, os Montes Líbano; a leste, o grande rio Eufrates; e a oeste, o mar Mediterrâneo; e toda a terra dos heteus. Ninguém conseguirá detê-los enquanto você viver. Estarei com você como estive com Moisés. Eu não irei lhe decepcionar nem abandonar."

Josué 1:1-5

O GUERREIRO

Quem foi o sucessor de Moisés como líder do acampamento? Qual o significado disso?

_____

_____

Leia a seguinte passagem:

"Quando Josué já estava velho, o Senhor disse a ele:
– Você está ficando velho, e ainda tem muita terra a ser conquistada. O povo ainda precisa ocupar a terra dos filisteus e dos gesuritas, território que pertence aos cananeus. Expulsarei esses povos da terra para os israelitas. Então, dê essa terra a Israel como um presente especial, assim como lhe ordenei. Inclua todo esse território como herança de Israel quando dividir a terra entre as nove tribos e metade de Manassés.

Uma delegação da tribo de Judá, liderada por Calebe, filho de Jefoné, o quezeneu, foi falar com Josué em Gilgal. Calebe disse para Josué:

– Você se lembra do que o Senhor disse a Moisés, o escolhido de Deus, sobre mim e sobre você quando estávamos em Cades-Barneia? Eu tinha quarenta anos quando Moisés, o servo do Senhor, me mandou de Cades-Barneia para explorar a terra de Canaã. Quando voltei, fiz um relato do fundo do meu coração, mas meus irmãos que foram comigo amedrontaram as pessoas e as desencorajaram de entrar na Terra Prometida. Quanto a mim, cumpri a minha parte, segui o Senhor meu Deus completamente. Então, naquele dia, Moisés me prometeu: 'A terra de Canaã em que pisou será sua e de seus descendentes para sempre, porque você foi fiel ao Senhor meu Deus'.

– Como pode ver, o Senhor cumpriu sua promessa de me manter vivo e saudável por todos esses quarenta e cinco anos desde que

Moisés fez essa promessa, mesmo enquanto Israel vagava pelo deserto. Hoje, tenho oitenta e cinco anos. Sou tão forte hoje quanto era quando Moisés me mandou naquela jornada; ainda consigo viajar e lutar como naquela época. Então, estou lhe pedindo que me dê a região montanhosa que o Senhor me prometeu. Você deve se lembrar de que, quando fomos espiões, os anaquins que moravam lá eram grandes e viviam em cidades cercadas por muros. Mas, se o Senhor estiver comigo, vou expulsá-los da terra, exatamente como o Senhor disse.

Então, Josué abençoou Calebe, filho de Jefoné, e deu a ele Hebrom como herança. Hebrom ainda pertence aos descendentes de Calebe, filho de Jefoné, o quenezeu, porque ele seguiu o Senhor com todo o seu coração, o Deus de Israel. (Antes, Hebrom era chamada Quiriate-Arba. O nome Arba veio do grande herói dos anaquins.)

Então, a terra teve paz."

Josué 13:1-3, 6-7; 14:6-15

Como Calebe abordou o tema da promessa de Moisés com Josué?

_____

_____

Ao contar a sua história, quais foram as evidências passadas, presentes e futuras que Calebe apresentou?

_____

_____

Como Josué respondeu ao pedido de Calebe?

_____

_____

O que Calebe proclamou sobre Deus que parece Moisés?

_____

_____

Qual é a razão para a herança de Calebe? O que isso lhe diz sobre o relacionamento dele com Deus?

_____

_____

Descubra os caminhos de Deus para você

Qual a sua abordagem quando quer fazer com que uma pessoa se lembre de uma promessa? Funciona?

_____

_____

Como você reage quando uma pessoa o aborda para cobrar uma promessa que fez?

_____

_____

> "Se você precisa de sabedoria, se deseja saber o que Deus quer que você faça, pergunte a ele, e Ele ficará feliz em responder. Ele não ficará ressentido com a sua pergunta."
>
> Tiago 1:5

Qual é o conselho que esse versículo oferece?

_____

_____

Pare e reflita

"Deus abençoa as pessoas que resistem pacientemente aos testes. Elas receberão a coroa da vida que Deus prometeu àqueles que o amam."

Tiago 1:12

O LEGADO

Busque a verdade na Palavra de Deus

Leia a seguinte passagem:

"Depois que Josué morreu, os israelitas perguntaram ao Senhor:
– Qual tribo deve atacar os cananeus primeiro?
O Senhor respondeu:
– Judá, pois dei a eles a vitória sobre a terra.
Judá marchou contra os cananeus em Hebrom (antiga Quiriate-Arba), derrotando as forças de Sesai, Aimã e Talmai. De lá, eles marcharam contra o povo que vivia na cidade de Debir (antiga Quiriate-Sefer). Então, Calebe disse:
– Darei a mão da minha filha Acsa em casamento àquele que atacar e conquistar Quiriate-Sefer.
Otniel, filho de Quenaz, irmão mais novo de Calebe, foi quem conquistou a cidade, e assim Acsa se tornou esposa de Otniel.

Quando Acsa se casou com Otniel, ela o incentivou a pedir mais terra ao pai dela. Quando ela desceu da mula, Calebe perguntou:
– O que posso fazer por você?
Ela respondeu:
– Por favor, me dê mais uma bênção. O senhor foi generoso o suficiente em me dar Neguev; agora me dê fontes de água também. Então, Calebe deu a ela fontes nas terras altas e nas terras baixas."

Juízes 1:1-2, 10-15

Depois que Josué morreu, a tribo de Judá foi escolhida para liderar a conquista da terra dos cananeus. Quem era o líder da tribo? Qual é o significado disso?

_____

_____

Qual incentivo Calebe ofereceu ao homem que conquistasse Quiriate-Sefer?

_____

_____

Quem realizou essa façanha? Como Calebe cumpriu sua palavra?

_____

_____

Como você descreveria o relacionamento de Calebe com sua filha? Quais similaridades você vê entre os dois?

_____

_____

Leia a seguinte passagem:

"Depois que aquela geração morreu, outra geração cresceu que não reconhecia o Senhor nem se lembrava das coisas poderosas

O GUERREIRO

que ele fizera para Israel. Então, os israelitas cometeram um pecado aos olhos do Senhor: adoraram imagens de Baal. Eles abandonaram o Senhor, o Deus de seus ancestrais, que os tinha libertado do Egito. Buscaram outros deuses, adorando os deuses dos povos que viviam em volta deles. Assim, eles despertaram a ira do Senhor. Abandonaram o Senhor para servir Baal e as imagens de Astarote.

Então, o Senhor convocou os juízes para salvarem os israelitas de seus inimigos.

Os israelitas pecaram aos olhos do Senhor. Eles se esqueceram do Senhor seu Deus e adoraram imagens de Baal e Astarote. Então o Senhor ficou muito furioso com Israel e os entregou ao rei Cusã-Risataim, da Mesopotâmia. E os israelitas ficaram sujeitos a ele por oito anos.

Mas, quando Israel clamou pelo Senhor, o Senhor convocou um homem para libertá-los. Seu nome era Otniel, filho do irmão mais novo de Calebe, Quenaz. O espírito do Senhor veio sobre o ele, que se tornou juiz de Israel. Ele entrou em guerra contra o rei Cusã-Risataim, da Mesopotâmia, e o Senhor deu a vitória a Otniel. Então a paz reinou na terra por quarenta anos. Até que Otniel, filho de Quenaz, morreu."

Juízes 2:10-13, 16; 3:7-11

O que aconteceu depois que a geração de Josué e Calebe morreu? O que Deus fez para ajudar o povo?

_____

_____

Quem foi o primeiro juiz de Israel e como ele se tornou juiz? Você vê alguma similaridade entre ele e Calebe? Quais?

_____

_____

FRANCINE RIVERS

DESCUBRA OS CAMINHOS DE DEUS PARA VOCÊ

Qual é a característica mais marcante de Calebe? Por que você acha isso?
_____
_____

De que formas você se identifica com Calebe? O que você aprendeu sobre si mesmo nesse estudo?
_____
_____

O que você aprendeu sobre Deus com as experiências de Calebe?
_____
_____

Pare e reflita

"Caros irmãos e irmãs, deixem-me dizer mais uma coisa antes de encerrar esta carta. Concentrem seus pensamentos no que é verdadeiro, honroso e certo. Pensem nas coisas que são puras, amáveis e admiráveis. Pensem nas coisas que são excelentes e dignas de agradecimento. Coloquem em prática tudo que aprenderam comigo, que me escutaram dizer e me viram fazer, e o Deus da paz estará com vocês."

Filipenses 4:8-9

CALEBE, O GUERREIRO

Calebe costumava se desesperar por causa da sua falta de capacidade de seguir a lei que Deus dera ao Seu povo. Centenas de anos depois, o apóstolo Paulo falou dessa mesma luta:

"Eu amo a lei de Deus com todo o meu coração. Mas há outra lei dentro de mim que briga com a minha mente. Essa lei vence a luta e me torna escravo do pecado que ainda vive em mim. Oh, que pessoa miserável eu sou! Quem vai me libertar dessa vida dominada pelo pecado? Graças a Deus! A resposta está em Jesus Cristo nosso Senhor."
Romanos 7:22-25

É interessante perceber que existem paralelos entre a vida de Calebe e a de Jesus:

CALEBE

- Direito de primogenitura questionável
- Pertencente à tribo de Judá

- Sofreu consequências injustas como resultado das ações de outras pessoas
- Herói de guerra de Judá
- Comprometido a cumprir sua missão: expulsar os inimigos da terra para que o povo de Deus pudesse viver nela
- Comandante do exército de Israel, lutando por Deus e por sua família
- Acreditava na Palavra de Deus e dependia dela
- Um guerreiro armado para a guerra e que orava

JESUS

- Direito de primogenitura questionável
- Pertencente à tribo de Judá (Apocalipse 5:5)
- Sofreu uma execução injusta como resultado dos nossos atos (2 Coríntios 5:21)
- Leão de Judá (Apocalipse 5:5)
- Comprometido a cumprir sua missão: purificar nossas vidas do pecado de forma que o próprio Deus vivesse em nós (João 6:56)
- Comandante dos exércitos do céu, lutando nossas batalhas espirituais (Apocalipse 19:11-16)
- É a Palavra de Deus (João 1:1)
- É nossa armadura e intercede por nós (Efésios 6:10-18; Hebreus 7:24-25)

A mesma armadura que cobria espiritualmente Calebe está disponível para nós hoje. Nesta carta aos efésios, o apóstolo Paulo escreveu:

> "Uma última palavra: sejam fortes com o poder do Senhor. Vistam a armadura de Deus para que sejam capazes de se manter firmes contra todas as estratégias e todos os truques do Diabo. Pois não estamos lutando contra pessoas de carne e osso, e sim contra as autoridades do mal do mundo que não vemos, contra aqueles poderes das trevas que governam este mundo, e contra os espíritos do

mal no reino dos céus. Usem a armadura de Deus para resistirem ao inimigo na época do mal, de forma que, depois da batalha, vocês ainda estejam firmes. Mantenham-se firmes com o cinto da verdade e a armadura da justiça de Deus. Nos pés, calcem a paz que vem da Boa Nova, para que estejam totalmente preparados. Em cada batalha, vocês precisarão de fé para se proteger das flechas que Satã aponta para vocês. Usem o capacete da salvação e peguem a espada do Espírito, que é a Palavra de Deus. Orem sempre e em qualquer ocasião para o poder do Espírito Santo. Fiquem alertas e persistam em suas orações para todos os cristãos em todos os lugares."

Efésios 6:10-18

A AUTORA

Francine Rivers escreve há mais de vinte anos. Entre 1976 e 1985, ela teve uma carreira bem-sucedida como escritora no mercado geral e ganhou muitos prêmios.

Depois de se tornar uma cristã nascida de novo em 1986, Francine escreveu *Amor de Redenção* como um testemunho de fé.

Desde então, Francine publicou vários livros no mercado cristão e continuou a ganhar tanto elogios da crítica quanto a fidelidade do leitor. Seu romance *The Last Sin Eater* ganhou o *ECPA Gold Medallion*, e três de seus livros ganharam o prestigiado Romance Writers of America Rita Award.

Francine usa sua escrita para se aproximar do Senhor e acredita que, por meio de seu trabalho, adora e louva a Jesus por tudo que ele fez e continua fazendo na vida dela.